Ein Sommer mit Percy und Buffalo Bill

Ulf Stark

Ein Sommer mit Percy und Buffalo Bill *

Bilder von Heike Herold

Aus dem Schwedischen von Birgitta Kicherer

CARLSEN

»Habe ich doch gleich gesagt«, sagte Großvater. »Das kommt davon, wenn man zu viel isst. Wer hat schon mal was von einem Pferd in einem Schlafzimmer gehört?«

Dylan Thomas: PORTRAIT DES KÜNSTLERS ALS JUNGER HUND

Ich werde ein Blutsbruder

Auf manche Tage wartet man mehr als auf andere.

Auf diesen hatten wir fast ein ganzes Jahr gewartet. Die Sonne schien ins Klassenzimmer und ließ ihr munteres Licht auf unsere wassergekämmten Schädel fallen. Auf den roten Apfel, den Ann-Kristin vorne aufs Pult gelegt hatte, schien sie auch. Unsere Bänke hatten wir bereits ausgeräumt. Herrlicher als so konnte das Leben nicht werden. Heute würden nämlich die Sommerferien anfangen. Und ich dachte lauter erfreuliche Gedanken.

Zum Beispiel dachte ich an Klas, an Pia, an den Duft der Brennnesseln, an meinen zornigen, dicken Großvater und daran, wie wundervoll es sein würde, in die Wellen zu tauchen, die hinter den Schärendampfern aufschäumten. Da klopfte mein Freund Percy mir plötzlich auf die Schulter und steckte mir einen zerknitterten Zettel zu.

»WENN SIE SINGEN, HAUEN WIR AB!«, stand da.

Kurz darauf ging unsere Lehrerin vor an die Orgel.

»So, und jetzt wollen wir singen«, sagte sie.

Sie hieß Märta Lindkvist, hatte rot geschminkte Lippen, rote Schuhe und einen dünnen roten Gürtel aus echtem Plastik um die Taille. Wenn sie sich bewegte, wogte ihr gelbes Kleid wie ein Getreidefeld im Wind. Sie duftete nach Maiglöckchen. Und wenn sie lächelte, lächelten unsere Eltern auch, sie hatte nämlich ein sehr ansteckendes Lächeln.

»Ich hoffe, alle singen mit«, sagte sie lächelnd.

Dann begann sie zu spielen. Sie spielte *Wenn die Getreidefelder im Winde wogen*, das war ihr Lieblingslied. Ich selbst bewegte bloß die Lippen, um die gute Stimmung nicht zu verderben. Das machten die meisten anderen auch. Mama allerdings nicht, sie sang laut und bebend, wie sie es immer tat.

Da zwinkerte ich Percy zu, dass wir verduften sollten. Ich wusste, dass Mama sauer werden würde. Aber warum musste sie auch so laut singen?

»Hallo, wo wollt ihr denn hin?«, fragte Fräulein Lindkvist.

»Wir können nicht mehr auf die Sommerferien warten«, erklärte Percy.

»Schönen Sommer«, wünschte ich ihr.

»Gleichfalls«, sagte Fräulein Lindkvist. »Und auf ein gutes Wiedersehen im Herbst!«

Percy schnappte sich den Apfel vom Pult, als er vorbeilief. Wir rannten durch den Flur. Als wir das Schultor öffneten, schlug uns blendender Sonnenschein entgegen, unsichtbare Vögel zwitscherten und der Himmel nahm kein Ende.

Jetzt aber!, dachte ich.

Wir kletterten auf den Sprungturm am Enskedefeld und hockten uns ganz oben hin, an die Stelle, wo die Skispringer im Winter darauf warteten, auf ihren breiten Skiern hinabsausen zu dürfen. Heute sauste ein lauer Wind durch das Holzgerüst und brachte unsere sorgfältig frisierten Haare durcheinander. Wir stopften unsere feierlichen Krawatten in die Hosentaschen und zogen Schuhe und Strümpfe aus, damit auch unsere Zehen die Sommerferien genießen konnten.

Percy teilte den geklauten Apfel möglichst gerecht mit seinem Taschenmesser. Dann nahm er das größere Stück.

»Und was hast du jetzt im Sommer so vor?«, erkundigte er sich.

»Ich fahre zu meinen Großeltern in die Schären«, sagte ich. »Wie jedes Jahr.«

»Und was macht man da?«

»Alles Mögliche. Und du?«

Darauf antwortete Percy nicht. Er runzelte die Stirn, spuckte ein paar Apfelkerne auf den Boden und schaute zum Schlachthof hinüber. Einen kurzen Moment lang sah er fast bekümmert aus. Doch dann testete er die Schneide des Taschenmessers an seinem Daumen und sah mich mit einem breiten Lächeln an.

»Wir kennen uns doch inzwischen ziemlich lange, oder?«

»Ja«, sagte ich.

»Wie lange eigentlich?«

»Drei Jahre.«

»Genau«, sagte er. »Drei Jahre. Da ist es höchste Zeit, dass wir Blutsbrüder werden.«

»Blutsbrüder – was ist das denn?«, fragte ich.

Da erklärte Percy es mir.

»Blutsbrüder, das ist, wenn jeder sich einen Ritz in den Finger schneidet und das Blut dann mit dem des andern vermischt«, sagte er. »So ein Dusel, dass ich das Messer mitgebracht hab!«

Er wischte die schmutzige Klinge am Hosenbein ab. Plötzlich musste ich an all die Male denken, als man mir Blut abgenommen hatte. Das hatte mir gar nicht gefallen.

»Das wär toll. Aber so eine Wunde kann sich entzünden«, wandte ich ein, »und an einer Blutvergiftung kann man sterben, schon mal davon gehört?«

Mein Vater war Zahnarzt, daher wusste ich einiges über Bakterien.

»Klar«, sagte Percy. »Aber wenn man die Klinge vorher erhitzt, dann nicht.«

Darauf fiel mir nichts mehr ein. Percy trug immer eine Streichholzschachtel mit sich herum. Er zündete ein Streichholz an und hielt die Messerklinge über die Flamme, bis sie schwarz von Ruß war. Dann ritzte er zuerst seinen eigenen Daumen an und danach meinen. Das brannte, fühlte sich aber trotzdem gut an, irgendwie feierlich.

»So«, sagte er. »Jetzt sind wir Blutsbrüder. Weißt du, was das bedeutet?«

»Nein«, sagte ich.

»Das bedeutet, dass man miteinander in die Ferien fährt«, sagte Percy. »Aber weil ich ja nicht in die Ferien fahre, muss ich bei dir mitfahren.«

Ich wusste nicht, ob ich das wollte. Zwar war Percy mein bester Freund. Aber in den Schären hatte ich eine Menge anderer Freunde. Da gab es Klas, Bengt, Ulf E. und Leif. Und dann war da noch Pia. Ich war mir nicht sicher, ob Percy zu ihnen passte. Außerdem glaubte ich nicht, dass meine Eltern es gut finden würden, wenn er mitkäme. Mein Bruder wäre jedenfalls garantiert dagegen.

Und eins wusste ich *bombensicher* – Großvater wollte auf keinen Fall noch mehr Kinder im Haus haben.

Mein Bruder und ich waren schon zwei zu viel.

Großvater konnte Kinder nicht ausstehen.

Erwachsene und Tiere mochte er auch nicht besonders.

»Weiß nicht«, sagte ich. »Großvater wird immer so schnell stinkwütend.«

»Das macht nichts«, sagte Percy. »Ich bin noch nie in den Schären gewesen. Und ich hab keine Angst.«

»Versprichst du, ihn nicht zu ärgern?«

»Du kennst mich doch.«

Genau das tat ich. Und genau das machte mir Sorgen. Wenn es jemand gab, der einfach jeden zur Weißglut bringen konnte, dann war das Percy. Aber zu einem frisch gewonnenen Blutsbruder konnte ich nicht gut nein sagen.

»Gut, aber dann musst du nachkommen«, erklärte ich. »Damit ich alle darauf vorbereiten kann und so.«

»Und wann kann ich dann kommen?«

»Komm am zwölften Juli. An meinem Geburtstag«, sagte ich.

Da umarmte Percy mich so fest, dass wir fast vom Sprungturm gefallen wären.

»Glückwunsch im Voraus!«, sagte er.

Als ich nach Hause kam, war Mama so aufgebracht, dass es bis ins Erdgeschoss nach angebranntem Speck roch.

»Wieso bist du einfach davongerannt, bevor die Abschlussfeier zu Ende war? Warum hast du so was Dummes gemacht? Wie konntest du nur? Jetzt habe ich das Essen anbrennen lassen und alles. Was ist eigentlich in dich gefahren, Ulf?«

»Ich musste aufs Klo«, sagte ich.

»Und was war mit Percy?«

»Er auch«, sagte ich.

Ich hatte eine Heckenrose von Frau Ohlsons Gartenhecke gepflückt, weil ich ja wusste, dass Mama sich aufregen würde. Die gab ich ihr jetzt, um die Stimmung etwas aufzuhellen. Dazu setzte ich mein allerstrahlendstes Lächeln auf.

»Bitte sehr, Mama«, sagte ich.

»Danke«, sagte sie. »Aber so benimmt sich kein wohl erzogener Junge, das musst du wissen. Vergiss nie, dass dein Vater Zahnarzt ist.«

»Au, das hatte ich vergessen«, sagte ich.

Ich senkte den Kopf, als würde ich mich schämen. Das half fast immer.

»Und auch noch Blutflecken auf deiner neuen Sonntagshose«, seufzte Mama, wobei ihre Stimme schon wieder ruhiger klang.

»Ich hab mich an einem Dorn gestochen, als ich die Rose pflückte«, sagte ich.

»Na schön«, sagte Mama. »Wir haben schließlich eine Waschmaschine. Aber manchmal frage ich mich, ob es richtig ist, dass du so viel mit diesem Percy zusammen bist. Er ist zwar ein lieber Kerl, aber er stellt immer so viel Unfug an. Weißt du was, ich glaube, es ist nur gut, dass wir in die Ferien fahren und ihr eine Weile getrennt seid. Oder was meinst du?«

»Doch, ja, bestimmt ist das gut«, antwortete ich.

»Dann sagen wir Papa lieber nichts von alledem«, meinte Mama.

»Nein, lieber nicht«, stimmte ich zu.

Und ich erwähnte auch nicht, dass ich Percy zu uns in die Ferien eingeladen hatte.

Daher war Papa beim Essen guter Laune. Er freute sich auf den Besuch bei Großmutter und Großvater. Er liebte es, davonzureisen und alle Sorgen hinter sich zu lassen. Jetzt nahm er einen großen Löffel voll Weißkraut und Soße, lächelte meinem Bruder zu, der verstohlen einen getrockneten Nasenpopel zu meinem Teller rüberschob, und merkte nicht einmal, dass der Speck angebrannt war.

Er machte sogar einen Scherz.

»Bald hab ich meine Ruh und Aussicht auf 'ne Kuh«, sagte er.

Niemand lachte.

Ich falle voll angezogen ins Wasser

Ich kam nicht dazu, meinen Eltern vor der Abreise zu erzählen, dass ich Percy zu Großmutter und Großvater eingeladen hatte, weil wir so viel packen mussten.

Ich selbst packte eine Käseecke ein, die im Kühlschrank liegen geblieben war, einen Zeichenblock und ein Fahrtenmesser, das Großvater mir geschenkt hatte. Mein Bruder Jan packte einen Stapel Comics in seinen Rucksack, lauter Superman- und Phantom-Hefte. Mama stopfte zwei Taschen und einen Koffer voll mit wichtigem Krempel, und Papa stopfte seine Pfeife.

»So, und jetzt fahren wir«, sagte er.

Wir fuhren mit unserem eigenen Boot. Das Boot hieß Pretto. Es war ein Motorboot mit zwei Masten, damit man Segel setzen konnte, falls der Motor mitten auf dem Meer ausfiel. Ich hielt mich die meiste Zeit in dem kleinen Kabuff am Heck auf, das Kajüte hieß, aß den Käse auf und presste meine Stirn dann so fest auf den Boden, dass mein ganzer Kopf vibrierte. Auf die Art vergaß ich, dass ich seekrank war.

Und dann dachte ich an Pia.

Ich holte den Zeichenblock hervor. PIA schrieb ich mit Großbuchstaben an den oberen Rand. Danach ging es mir schon besser. Aber wie sah Pia noch mal aus? Ich wusste noch, dass sie dunkle Haare hatte und eine hübsche Figur. Aber wie sahen ihre Lippen aus? Und ihre Nase und ihre Augen? Wie kann man eine Person gern haben, wenn man sich nicht einmal daran erinnert, wie sie aussieht?

Ich begnügte mich erst mal mit einem Gesicht ohne Nase, Augen oder Mund. Das Kinn kam mir auch irgendwie falsch vor. Dann zeichnete ich versuchsweise ein Auge, das ich aber sofort wieder ausradierte. Sogar die Augenbrauen waren verkehrt.

»Scheiße«, sagte ich unhörbar.

Dann versuchte ich mir ihr Lachen vorzustellen. Das ging schon besser. Pia hatte ein heiseres Lachen, bei dem mir immer ganz kribbelig wurde. Jedenfalls war das im letzten Sommer so gewesen. Ob es dieses Jahr wohl genauso klingt?, überlegte ich.

Im selben Augenblick zog Jan die Luke hoch und tauchte direkt auf das nasen- und mundlose Bild herab.

»Sieht echt gut aus«, sagte er.

»Klopf gefälligst an, bevor du so hereingekracht kommst!«

»Oje! Entschuldigung, tut mir Leid, tut mir Leid!«, sagte er.

Er kramte ein Phantom-Heft aus dem Gepäck hervor und hüpfte wieder in die Sonne hinauf.

Nach einer Weile kletterte ich auch nach oben. Ich faltete meine Zeichnung zu einem Flugzeug und warf es in den Wind. Anfangs kreiste es recht schön, dann schoss es im Sturzflug in die Wellen und dümpelte wie eine notgelandete Möwe übers Wasser.

Papa stand am Steuer und pfiff zufrieden vor sich hin. Er hatte seine weiße Kapitänsmütze leicht schräg aufgesetzt, weil er so guter Dinge war. Das war er immer, wenn wir in die Ferien fuhren.

Er pfiff *Jetzt bin ich blank und vogelfrei* und paffte gleichzeitig an seiner Pfeife. Die Töne wehten wie kleine Wolken davon. Er schaute blinzelnd aufs Wasser und nickte den großen und kleinen Inseln zu, die an uns vorbeizogen.

Mama saß hinten im Boot und strickte. Jan war in seinen Comic vertieft. Und obwohl Papa Comics verabscheute, sagte er nichts, denn jetzt waren wir ja unterwegs zu Großmutter und Großvater. Ich schloss die Augen und versuchte, nicht an meinen Magen zu denken.

»Schau mal nach Backbord! Was siehst du da, Ulf?«, fragte Papa.

Natürlich guckte ich in die falsche Richtung. Ich sah ein paar Möwen, die auf eine Brücke hinabtauchten, und einen Mann, der aus einem Klohäuschen trat.

»Weiß nicht«, sagte ich.

»Ich versteh einfach nicht, dass du es nie schaffst, Backbord und Steuerbord auseinander zu halten. Aber das kommt wohl noch.«

»Ja, bestimmt«, sagte ich.

Ich hätte einen Leuchtturm sehen müssen. Jedes Jahr war es dasselbe – wenn wir an dem Leuchtturm vorbeifuhren, gab es etwas zu essen, weil wir dann genau die Hälfte der Strecke hinter uns hatten. Jetzt packte Mama den Proviant auf der Motorhaube aus. Es gab Milch und Wurstbrote mit Gurke.

»Ist das nicht herrlich?«, sagte Papa.

Er ließ das Steuer los, um Mama die Wange zu streicheln und sich ein Brot zu schnappen.

»Was denn?«, fragte Mama.

»Alles«, sagte er.

Damit meinte er, dass er die Zahnarztpraxis los war und den Alltag und die Arzthelferin, die immer die Wasserhähne so fest zudrehte, dass die Dichtungen platzten.

Damit meinte er Seelenfrieden.

»Ja, das ist es wohl«, sagte Mama.

»Sing doch etwas«, schlug Papa vor.

»Nein, nicht beim Essen«, sagte sie.

Aber immerhin lächelte sie. Und obwohl sie nicht ganz so begeistert war wie Papa, dachte ich, dies könnte der richtige Moment sein, um Percys Besuch zu erwähnen.

»Also, es gibt da was, das würde ich gern sagen«, fing ich an.

»Etwas Nettes?«, wollte Mama wissen.

»Ja, ich denk schon.«

»Was denn?«, fragte Papa.

Da hob Jan den Blick von seinem Heft.

»Er will bloß mitteilen, dass er Pia liebt und sie heiraten will!«, sagte er. »Und zwar im Dom!«

»Du bist ja so was von verdammt bescheuert!«, brüllte ich und schwappte ihm die ganze Milch ins Gesicht.

Normalerweise wäre Papa zornig geworden. Aber jetzt waren wir unterwegs in die Ferien, daher fing er Jan einfach ein, der mit milchtriefenden Haaren angefegt kam, um mir eine zu verpassen.

»Du sollst Ulf nicht ärgern, Jan. Gefühle sind etwas Hochempfindliches. Und du, Ulf, sollst nicht fluchen«, sagte er und drehte sich zu mir um. »Am besten putzt du dir heute Abend zweimal die Zähne. Hört mit dem Gezanke auf, Kinder. Willst du noch etwas Milch?«

Das wollte ich nicht. Mir war ohnehin schon schlecht.

»Nun, Ulf, was wolltest du uns sagen?«, fragte Mama.

»Nichts Besonderes«, sagte ich und drehte mich dann zu Papa um. »Aber warum musst du immer so schrecklich langsam fahren?«

Papa fuhr höchstens mit einer Geschwindigkeit von sieben Knoten. Das machte er immer, weil er der Ansicht war, man solle sich Zeit nehmen, um die Aussicht zu genießen. Und außerdem wurde dabei weniger Treibstoff verbraucht. Ich schlüpfte in die Kajüte zurück und legte die Stirn auf den Boden.

Als Papa dreimal lang und einmal kurz hupte, kam ich wieder heraus. Da wusste ich, dass wir fast am Ziel waren. Hoch oben auf dem Felsen lag das Haus meiner Großeltern wie ein riesiges weißes Sahnebaiser. Großvater hatte es selbst gebaut. Es hatte zwei Türme, ein flaches Dach und einen Balkon, auf dem Großmutter stand und uns mit einem Staubtuch zuwinkte. Großvater hielt sich wie meistens im Garten auf und grub große Steinbrocken aus der Erde aus. Als wir vorbeituckerten, hob er den Spaten zum Gruß.

Zur Feier des Tages hatte er geflaggt.

»Ah, diese Ruhe und Stille. Jetzt beginnt der himmlische Frieden«, sagte Papa, als wir an dem Steg in der Bucht angelegt hatten und Jan den Anker ausgeworfen hatte.

»Sei dir da nicht so sicher«, sagte Mama.

»Ich hab jedenfalls nicht vor, eine ruhige Kugel zu schieben«, erklärte ich.

Die Natur schien das auch nicht vorzuhaben. Über unseren Köpfen kreischte eine ganze Wolke aus Möwen. Auf der Felszunge, die jenseits der Bucht ins Wasser ragte, stand nämlich Pia und nahm einen Hecht aus.

»Na, da hast du ja deinen Schatz«, sagte Jan und zwickte mich in den Schenkel, aber heimlich, damit niemand es sah.

»Die ist mir doch egal«, fauchte ich.

Aber ich konnte es mir dann doch nicht verkneifen, einen Blick auf Pias Lippen und Augen, ihre Nase, ihr Kinn und ihren roten Badeanzug zu werfen. Ja, natürlich, so sah sie aus. Sie war genau so erfreulich, wie ich sie in Erinnerung gehabt hatte, allerdings war sie seit letztem Jahr um einiges gewachsen. Jetzt hielt sie den Hecht in die Luft und winkte damit.

»Hallo, Ulf«, rief sie. »Kommst du nachher zum Schwimmen an die Mole?«

»Glaub ich nicht. Muss erst mal Klas besuchen«, rief ich zurück, weil mein Bruder daneben stand und zuhörte.

»Okay«, sagte sie und ließ den Hecht sinken.

Papa hatte soeben den Koffer aus der vorderen Kajüte hervorgezerrt.

»Da hast du ja wirklich einen Mordskerl gefangen«, ächzte er.

»Ach was, der bringt doch bloß zwei Komma drei Kilo. Hab ihn beim Dampfersteg erwischt«, sagte sie und machte sich wieder daran, die Eingeweide aus dem Fisch herauszuschneiden.

Mit vereinten Kräften gelang es uns, den Koffer auf den Steg zu hieven.

»Ich hole schon mal den Karren«, sagte Papa. »Ihr könnt solange den Rest ausladen.«

Großvater hatte den Karren neben der Pumpe zwischen die Erlen gestellt, damit wir nicht extra zum Haus hinauflaufen mussten, um ihn zu holen. Das machte er jedes Jahr.

Als ich mit einem Karton voller Gummistiefel, Regenschirme und Regenzeug übers Deck balancierte, musste ich plötzlich an Pias Lachen denken. Ob ihr Lachen dieses Jahr wohl genauso klingt?, dachte ich. Und prompt fiel es meinen Füßen ein, über ein Seilende zu stolpern. Ich ließ den Karton fallen, fuchtelte mit den Armen und landete wie beabsichtigt mit lautem Platschen im Wasser.

Es war wärmer, als ich gedacht hatte.

Und als ich an die Oberfläche kam, hörte ich Pias Lachen. Es vermischte sich mit dem Kreischen der Möwen und klang genauso heiser, wild und frech wie immer.

»Ein Elefant ist nichts dagegen!«, kommentierte Jan.

Ich sagte nichts. Ich lächelte nur, hustete und prustete Wasser vor Glück.

»Was war das?«, rief Papa von den Erlenbüschen herüber.

»Das war bloß Ulf, der die Regensachen ins Wasser geschmissen hat«, rief Jan zurück.

»Herrje!«, sagte Papa.

Ich treffe Großvater, mehrere Raupen und Klas

Papa ächzte, weil der Karren so schwer beladen war. Zuunterst lag der Koffer. Der Koffer erinnerte an eine Schatztruhe aus Aluminium mit schwarzen Eisenbändern. Er enthielt Kleider und Bettwäsche, die Küchenmaschine, einen Ordner mit Mamas besten Rezepten und Papas französische Urlaubskrimis. Auf den Koffer hatten wir eine Hängematte, die beiden Taschen und eine Menge Kartons voller unentbehrlicher Dinge gestapelt.

»Los, Jungs, packt zu!«, rief Papa. »Hau ruck, und hau und ruck!«

Er zog vorne am Griff, während Jan und ich hinten schoben. Ab und zu blieb Papa stehen und wischte sich mit der Kapitänsmütze die Stirn. Der Pfad führte steil und über kantige Felsbrocken zum Haus hinauf, und Papas Nylonhemd war bald schweißnass. Auch den Pfad hatte Großvater selbst angelegt.

»Verflixter Mistpfad!«, murmelte Papa.

»Was hast du gesagt?«, rief Großvater.

Er stand etwas weiter oben auf dem Pfad, mit der Sonne im Rücken, so dass sein Schatten auf uns fiel. Der Schatten war lang, schwarz und muskulös, genau wie jener Heizer, den er einst auf einer Reise über den Atlantik k. o. geschlagen hatte.

Großvater selbst hatte eine Knollennase und war klein und dick.

»Da sind wir«, sagte Papa.

»Ich sehe zwar schlecht, aber blind bin ich nicht«, sagte Großvater.

Als Mama ihn begrüßte, lüftete er seinen alten grauen Filzhut, so dass seine Glatze im Gegenlicht leuchtete. Dann nickte er, zuerst zu Mama hin und dann zu uns anderen.

»Tach!«, sagte er.

Danach hatten die Höflichkeiten ein Ende. Er setzte den Hut wieder auf.

»Was habt ihr denn da?«, schrie er und deutete auf unser Gepäck. »He! Habt ihr halb Stockholm mitgebracht?«

»Das ist nur das Nötigste«, erklärte Mama.

»Man sollte nie mehr mitnehmen, als man ziehen kann!«, polterte er. »Lass den Griff los, zum Henker! Und ihr Bürschchen, weg vom Karren!«

Er legte sich den Griff des Karrens um die Brust und stemmte sich dagegen, wie ein zorniges Pony. Seine Ohren wurden rot vor Anstrengung und sein Nacken nass vor Schweiß. Aber er zog den Karren ganz allein. Und wir kamen hinterher.

»Und wie geht es dir sonst, Vater?«, fragte Papa.

»Was glaubst du wohl?«, dröhnte Großvater. »Was glaubst du wohl, wie das ist, wenn man alt und kraftlos wird?«

Dann beschwerte er sich über die Verwüstungen der

Schnecken im Erdbeerbeet. Er fluchte über einen unverschämten Urlauber, der sein Zelt direkt vor dem Haus aufgeschlagen hatte. Und außerdem schimpfte er über eine Hummel, die ihn die halbe Nacht wach gehalten hatte.

»Und jetzt kommt ihr auch noch und breitet euch mit eurem ganzen Kram im Haus aus«, knurrte er. »Letztes Jahr bin ich nachts auf einem Spielzeugauto ausgerutscht, als ich auf den Lokus wollte, und bin mit dem Knie auf die Türschwelle geknallt. Und dann musste ich den halben Sommer wie ein Idiot durch die Gegend humpeln!«

So zeterte er weiter, bis wir oben beim Haus ankamen. Dort wartete Großmutter in der Küchentür. Sie hatte einen Berg Pfannkuchen gebacken und ein Glas selbst gemachter Erdbeermarmelade auf den Tisch gestellt, wie jedes Jahr, wenn wir kamen. Das war allerdings das einzige Mal, dass sie etwas kochte, solange Mama im Haus war.

»Ach, ich hab ja so auf euch gewartet!«, sagte sie und breitete die Arme aus.

Als Erstes umarmte sie Papa. Dann umarmte sie meinen Bruder. Mir gab sie nur die Hand, weil ich so nass war.

»Na, was hast du denn nach dem Essen vor?«, fragte sie, als wir am Tisch saßen. »Gehst du zum Spielen ins Dorf?«

»Ich spiele nicht mehr«, teilte ich ihr mit. »Aber ich werd Klas besuchen.«

»Das wird er überhaupt nicht«, sagte Großvater. »Vorher muss er zehn Kohlweißlingsraupen kaltmachen!«

Großvater hasste Raupen. Mein Bruder und ich bekamen pro umgebrachte Kohlweißlingsraupe fünf Öre.

Es gab überhaupt vieles, was Großvaters Hass auf sich zog. Alles, was summte, stach oder ihn auf andere Weise ärgerte. Er hasste alles, was sich über seine Beete hermachte. Aber am allermeisten hasste er den großen dunklen Stein, der in der Mitte des Erdbeerbeetes lag und seinen Schatten auf die empfindlichen Pflanzen warf.

»Oh, wie ich diesen Klumpen verabscheue«, sagte er und deutete mit dem Kopf auf den Steinbrocken, als ich mit einer Tüte voller Raupen ankam, die glatte zwei Kronen wert waren.

»Warum denn?«, fragte ich.

»Wie kannst du das fragen? Hast du keine Augen im Kopf? Siehst du nicht, was der für einen Schatten wirft? In einem solchen Schatten kann nichts gedeihen.«

Ich sah den Schatten an. Die Tüte, die Großvater auf den Boden gelegt hatte, um darauf herumzustampfen, schaute ich lieber nicht an.

»Warum sprengst du ihn dann nicht weg, Großvater?«, fragte ich.

»Sprengen!«, sagte Großvater. »O nein, mein Freund, den werd ich aus eigener Kraft entfernen. Na, wie viel bin ich dir schuldig?«

»Zwei Kronen.«

»Die kriegst du später!«, sagte er. »Lauf jetzt los und amüsier dich.«

Und das tat ich.

Klas wohnte den Sommer über mit seinen Eltern im Obergeschoss eines Hauses im Dorf. Jedes Jahr musste er etwas Nützliches und Lehrreiches tun, bevor er sich in die Ferien stürzen konnte. Das hatte sein Vater bestimmt. Letztes Jahr hatte er beispielsweise Schmetterlinge gesammelt. Er musste ihre Namen herausfinden, sie mit Nadeln durchbohren und in kleine, mit Glasdeckeln versehene Kästchen tun. Und vor zwei Jahren hatte er Blätter von Bäumen und Büschen gesammelt und in ein Heft geklebt.

Als er mir aufmachte, sah er wie erwartet bedrückt aus, und das, obwohl ich mir ein ausrangiertes Gebiss aus Papas Zahnarztpraxis in den Mund gesteckt hatte, um ihn aufzumuntern. Das Gebiss lächelte ganz von allein ein strahlendes Lächeln, aber Klas bedachte mich trotzdem mit einem düsteren Blick.

»Das Ding da kannst du von mir aus wieder rausnehmen«, sagte er. »Brauchst dir keine Mühe mit irgendwelchen Witzen zu geben. Ich werd trotzdem nicht froh.«

Ich steckte das Gebiss in die Tasche.

»Was musst du dieses Jahr machen?«, fragte ich. »Tierkacke sammeln?«

»Nein, Käfer«, seufzte er.

Er hatte es schon auf sechzehn Stück gebracht.

»Na, ist doch prima«, fand ich.

»Hast du eine Ahnung, wie viele es gibt?«

»Nö«, gestand ich.

»An die 300 000«, sagte Klas. »Über 4000 nur in Schweden.«

»So ein Mist«, sagte ich.

»Ja, kann man wohl sagen. Aber ich muss bloß fünfunddreißig finden. Und ich hab zwei Stück versteckt, von denen Vater noch nichts weiß. Also kann ich mir heute Abend freinehmen.«

»Gehen wir runter zur Mole?«, schlug ich vor.

»Von mir aus«, sagte er. »Aber vorher müssen wir eine rauchen.«

Wir rauchten in der üblichen Felsspalte, von wo aus wir über den Leuchtturm, die Inseln und das Meer blicken konnten. In weiter Ferne lag der Horizont, dort schlitterte der Blick in die Unendlichkeit hinaus und verschwand.

»Sieht echt schön aus«, sagte ich.

»Findest du?«, sagte Klas, der schon seit einer Woche hier war.

»Ja«, sagte ich.

Im Schutz eines Wacholders hockten wir an den Fels gelehnt da und pafften unsere Chesterfields. Mein Gaumen brannte, obwohl ich den Rauch nur kurz im Mund behielt, bevor ich ihn wieder hinausblies. Klas dagegen machte tiefe, schreckliche Lungenzüge. Außerdem schnipste er brennende Streichhölzer in eine kleine

Pfütze. Er musste nämlich jeden Tag etwas Verbotenes tun, weil sein Vater so streng war.

»Warum muss ausgerechnet ich jeden Sommer etwas Nützliches machen?«, sagte er.

»Weiß ich nicht«, antwortete ich.

»Das ist einfach scheißungerecht. Wenn alle andern baden und sonnen und faulenzen dürfen.«

»Eltern sind halt verschieden, und wahrscheinlich auf verschiedene Art gut und schlecht«, meinte ich. »Das ist so, da kann man nichts machen.«

»Wird wohl so sein«, sagte Klas.

»Aber ich kann dir mit den Käfern helfen«, sagte ich.

»Anständig von dir«, sagte er und blies einen Rauchring, der sich wie ein grauer Heiligenschein über mein Haupt senkte. »Bin froh, dass du gekommen bist.«

»Ja«, sagte ich. »Weißt du, was ich mir überlegt habe?«

»Nein.«

»Dass es echt gut tut, aus der Stadt rauszukommen und seine alten Freunde wiederzusehen«, sagte ich.

»Das finde ich auch«, sagte Klas.

Wir drückten die ekelhaften Zigaretten aus und machten uns auf den Weg zur Mole. Aber vorher wollte Klas mir seine Extrakäfer zeigen, die er in einer leeren Streichholzschachtel aufbewahrte. Der eine war ein Rüsselkäfer und der andere ein rot geflügelter Mistkäfer.

»Cool«, sagte ich und zeigte auf den Mistkäfer.

»Hab ihn in einem Kuhfladen gefunden.«

»Das riecht man«, sagte ich.

Bei der Mole wurde wie wild gebadet. Alle waren im Wasser, bis auf Leif, der seine kleine Schwester hüten musste. Und bis auf uns, weil wir keine Badehosen dabeihatten. Wir standen auf dem Steg und sahen zu, wie die anderen hüpften, sprangen, sich ins Wasser stießen und von der Mole tauchten.

»Da, guck mal!«, sagte ich.

»Was denn?«, fragte Klas.

»Pssst!«, sagte ich.

Ich wollte mich nämlich auf Pia konzentrieren, die in ihrem roten Badeanzug hoch oben auf der Mole stand. Sie hielt die Arme über den Kopf. Und dann sprang sie. Es schien eine Ewigkeit zu dauern, bis sie die Wasseroberfläche erreichte. Wie ein feuerroter Traum schwebte sie durch die Luft. Die Sonne stach mir in die Augen, dass mir Tränen kamen. Ich wischte sie sofort mit dem Ärmel weg.

»Wollt ihr nicht auch baden?«, fragte Pia, als sie aus dem Wasser kam und uns sah.

»Nein, heute nicht«, sagte ich. »Hab meine Badehose vergessen.«

»Das ist doch egal. Du badest doch sonst auch mit Kleidern.«

Sie lächelte. Aber sie lachte nicht.

»Einmal am Tag reicht mir«, sagte ich.

»Kommst du bald mal mit zum Angeln?«, fragte sie.

»Wir müssen noch eine ziemliche Menge Käfer sammeln«, seufzte Klas.

»Ja, aber dann?«, fragte sie und kletterte wieder auf die Mole hinauf.

»Ja, dann«, sagte ich.

»Komm, wir gehen jetzt«, sagte Klas.

Sogar unten im Hafen wandte ich immer wieder den Kopf, in der Hoffnung, sie noch einmal tauchen zu sehen.

Ich konnte einfach nicht genug kriegen.

Ich untersuche Großvaters Schweinekoteletts und umarme einen Fisch

Mein Bruder und ich wohnten in der Damenkajüte.

Das Haus meiner Großeltern bestand vor allem aus alten Schiffskajüten, die Großvater mit großen Schleppkähnen hatte herantransportieren lassen. Danach hatte er sie aneinander gefügt und Flure und eine Küche und alles Übrige angebaut, was man in einem Haus so benötigte. Großvater selbst wohnte in der Kapitänskajüte, meine Eltern residierten im Achtersalon und Großmutter bewohnte den Speisesaal. Und mein Bruder und ich hausten wie gesagt in der Damenkajüte. Das hätten wir allerdings niemals gestanden, selbst unter Folterandrohung nicht.

Wir behaupteten immer, wir würden im Weißen Salon wohnen. Unser Zimmer war tatsächlich ganz weiß, nur die Fenster waren mit blauen Leisten eingefasst. Und an den Wänden hingen Bilder von Schiffen in stürmischer See, Dampfer, Segelschiffe und Kriegsschiffe.

Mein Lieblingsbild zeigte ein graues Kanonenboot im Sturm.

»Zwölf«, flüsterte ich.

Inzwischen lagen wir nämlich mit gespitzten Ohren in unseren Stockbetten und zählten Großvaters Fürze. Hinter der Wand dröhnte es, als hätten die Kriegsschiffe auf den Bildern einander den Krieg erklärt und würden sich aus vollem Rohr beschießen.

Großvater klang sogar im Schlaf noch zornig.

»Das da war ein echter Prachtböller«, bemerkte Jan.

Wir hatten Großvaters Fürze in eine selbsterschaffene Skala eingeteilt, die von den fast unhörbaren Mückenschleichern bis zu den Kanonenkrachern reichte.

»Dreizehn«, sagte ich. »Heute Nacht bricht er garantiert seinen eigenen Rekord.«

»Er müsste an der Olympiade teilnehmen«, sagte Jan.

»Ja, oder im Kirchenchor mitmachen«, sagte ich. »Er hat einen Bauch wie ein Dudelsack.«

»Vierzehn«, zählte Jan.

»Kommt an seinen persönlichen Rekord heran«, entschied ich. »Jetzt ist bestimmt Schluss.«

»Ja«, sagte mein Bruder enttäuscht.

Doch da kam noch einer, zwar nur ein zahmes Damenfürzlein, das aber dennoch angerechnet wurde, da wir ja die Punktrichter waren. Wir erstickten fast vor Lachen, pressten aber den Mund ins Kissen, damit nichts zu hören war. Dann fing Großvater zu schnarchen an. Erst diskret wie ein Rasierapparat, dann wie ein schweres Motorrad.

»Jetzt ist Schluss mit lustig«, stellte Jan fest.

»Ja«, sagte ich. »Übrigens, hast du eine Ahnung, wo man Käfer finden kann?«

»Halt den Mund, jetzt wird geschlafen«, sagte er und steckte den Kopf unters Kissen.

Aber ich sah an die Decke und dachte an Pia. Zwischen zwei Schnarchern glaubte ich ihr heiseres Lachen zu hören. Und dann schlief ich ein.

In den folgenden Tagen suchten Klas und ich überall nach Käfern. Zwischen Großvaters Holzklötzen suchten wir nach dem Borkenkäfer und dem kurzflügligen Weberbock, dann krochen wir auf der Jagd nach kleinen versteckten Rüsselkäfern über den Rasen des Dorfschullehrers und hörten dabei Musik. Der Lehrer spielte bei offenem Fenster Klavier, manchmal sang er dazu, und ab und zu hustete er.

Dann gingen wir weiter, an dem alten Schutzraum neben der Landstraße vorbei. Im Gras vor dem Eingang saß Leif mit seiner kleinen Schwester, vor sich hatten sie einen Haufen Tannenzapfen liegen, in die sie Hölzchen reinsteckten.

»Was machst du da?«, fragte ich. »Sind das Kühe?«

»Mann, das sind doch keine Kühe! Das sind Handgranaten!«, sagte er.

Dann warf er ein paar Zapfen auf uns und rief: »PENG! PENG!« Aber als wir ein Stück weitergegangen waren, hörte ich ihn »muh« sagen.

»Und wohin jetzt?«, fragte ich.

»Zu Östermans Komposthaufen, vielleicht finden wir da einen Nashornkäfer«, sagte Klas.

Und tatsächlich. Unter einem halb verfaulten Kohlblatt lag einer und schlief.

»Wahnsinn!«, brüllte Klas. »Ein Männchen. So ein Mordsdusel!«

Er deutete auf das Horn, das ganz vorne in die Luft ragte. Der Käfer sah wie ein schwarzes Mini-Nashorn aus. Klas erklärte, es könnte bis zu fünf Jahre dauern, bis die Raupen heranwuchsen und zu richtigen Insekten wurden. Er wusste auch, dass sie verfaulte Pflanzen fraßen und nur nachts wach waren. Er nahm den Käfer in die Hand und kraulte ihm beruhigend den Bauch.

»Weißt du, was das Gute an dir ist?«, sagte ich.

»Nö«, sagte er und steckte den Käfer in eine mit Äther gefüllte Dose, damit er in Frieden dahinscheiden konnte.

»Das Gute an dir ist, dass man so viel lernt, wenn man mit dir unterwegs ist«, sagte ich. »Haben wir jetzt genügend Käfer gesammelt?«

»Nein, mir fehlen noch über acht Stück«, erklärte er. »Wie wär's mit einer Rauchpause?«

»Dafür haben wir keine Zeit«, sagte ich, weil ich an Pia dachte und daran, dass ich mit ihr zum Angeln fahren würde, wenn wir unsere Käfer beisammenhatten.

»Ich musst jetzt sowieso zum Essen nach Hause«, sagte Klas.

Da fiel mir ein, dass ich das auch musste. Also blieben wir noch ein Weilchen sitzen. Klas rauchte seine Zigarette und gab sich große Mühe, so zu tun, als würde er jeden Zug genießen. Ich dagegen begnügte mich damit, den herrlich modrigen Geruch des Komposts einzuatmen. Aus dem Stall hörten wir es dröhnen, als würde jemand mit einem Vorschlaghammer dreinschlagen. Doch das war nur Blacky, das wahnsinnige Pferd des Bauern, das wie verrückt mit den Hufen gegen die Stallwand schlug. Es kickte und trat immer so lange, bis ein Loch im Holz entstand.

»Ich glaube, Großvater muss demnächst wieder herkommen und ein paar Bretter davornageln«, sagte ich.

»Garantiert«, sagte Klas.

Dann gingen wir noch eine Weile zusammen, bis sich unsere Wege trennten.

»Nach dem Essen können wir ja weitersuchen«, schlug er vor.

»Gut! Ich weiß einen guten Holzstumpf, wo wir suchen können«, sagte ich.

»Prima«, sagte Klas.

Wir verabredeten uns um zwei Uhr bei dem Holzstumpf.

Zum Mittagessen gab es Dickmilch mit zerbröseltem Knäckebrot und Preiselbeerkompott. Für uns. Großvater dagegen aß Kartoffeln und zwei Schweinekoteletts. Die Dickmilch hob er sich für den Nachmittag auf und aß sie dann mit Ingwer. Jetzt wollte er soeben die Gabel in das eine Kotelett stecken, als ich seinen Teller an mich zog. Ich holte ein Vergrößerungsglas hevor und hielt es mir vor die Augen, während ich die Fleischstücke musterte.

So in der Vergrößerung sahen sie nicht besonders appetitlich aus. Ich stocherte mit meiner Gabel in ihnen herum.

»Was tust du da?«, fuhr Großvater mich an.

»Ja, genau, was treibst du da eigentlich?«, erkundigte sich mein Bruder.

»Ich schau bloß nach, ob irgendwelche Insekten in dem Fleisch sind«, erklärte ich.

»Was zum Henker sollen das für Insekten sein? Ausgerechnet in meinen Koteletts?«

»Wenn, dann sind es Speckkäfer«, erklärte ich. »Die lieben Fleisch. Ihre Deckflügel haben stachlige Querstreifen mit schwarzen Punkten.«

»So ein verteufeltes Krabbelzeug!«, sagte Großvater. »Kannst du welche sehen?«

»Nein, leider nicht«, sagte ich.

Doch das half nichts. Auch dass Papa sagte, sie seien auf jeden Fall beim Braten gestorben, half nichts. Großvater hatte noch eine Tierart zum Hassen gefunden. Er kaute, als wollte er sie zwischen den Zähnen zermalmen.

Ich selbst aß schnell. Die Standuhr in der Ecke zeigte kurz vor zwei.

»Meine Güte, bin ich satt«, sagte ich. »Krieg ich jetzt mein Raupengeld, Großvater?«

»Wie viel war es doch gleich?«

»Zwei Kronen«, sagte ich.

Er angelte die Münzen aus seiner Geldbörse. Ich nahm sie entgegen und rannte los. Ich hatte es eilig. Im Sommer hatte ich es immer eilig. Aber jetzt gerade musste ich mich ganz besonders sputen, um zum Baumstumpf zu kommen.

Es war der Tannenstumpf neben der Bäckerei.

Klas kam kurz nach mir dort an.

Ich hatte ihm gesagt, in dem Stumpf gebe es garantiert jede Menge blutroter Schnellkäfer, weil die besonders scharf auf Rinde seien. Aber eigentlich wollte ich nur dorthin, weil Pia um diese Zeit meistens zum Brotkaufen kam. Ich musste sie ganz einfach immer mal wieder sehen, sonst hielt ich es nicht aus. Und außerdem hatte ich eine Idee.

»Hier gibt's nichts. Komm, wir gehen woandershin«, sagte Klas nach einer Weile.

»Wir müssen gründlicher suchen«, wandte ich ein. »Du wirst allmählich ein bisschen schlampig, Klas.«

Zum Glück kam Pia in diesem Moment angeradelt. Sie lehnte ihr Fahrrad an den Zaun und ging auf die Bäckerei zu.

»Na so was, hallo, bist du auch hier?«, sagte ich.

»Wie viele habt ihr schon?«, wollte sie wissen.

»Bald dreißig Stück«, sagte ich. »Ganz schön heiß heute.«

»Ja.«

»Möchtest du ein Eis?«

»Wenn du mich einlädst, dann schon.«

Ich lud sie ein. Und mich selbst und Klas lud ich auch ein, nachdem Pia ihren Broteinkauf erledigt hatte. Dann standen wir neben ihrem Fahrrad und schleckten in aller Ruhe unser Eis. Ich hatte ein Eis am Stiel mit Pistaziengeschmack und die beiden hatten eine Eistüte.

»Also, mir ist was eingefallen«, sagte ich. »Inzwischen haben wir ja schon fast überall gesucht. Aber vielleicht gibt es auf den anderen Inseln andere Käferarten. Wir könnten dich doch begleiten und Käfer suchen, während du angelst.«

»Versteh gar nicht, warum mir das nicht eingefallen ist«, sagte Klas.

»Ist mir auch gerade eben erst eingefallen«, sagte ich.

»Prima, dann machen wir das«, sagte sie.

»Morgen?«, schlug ich vor.

»Von mir aus«, sagte sie.

Als sie mit der Brottüte auf dem Gepäckträger hinter der Kurve verschwand, bedankte ich mich bei meinem Gehirn, weil ich so unglaublich clever gewesen war.

»Danke«, flüsterte ich. »Vielen, vielen Dank.«

Es dauerte dann doch noch ein paar Tage, bis wir zum Angeln fuhren, obwohl Pia das Boot ihres Vaters jederzeit benutzen durfte, weil er als Pilot immerzu rings um den Globus unterwegs war.

Nun war ich also mit einem prima Kumpel und dem

Mädchen, das mir das liebste auf der Welt war, in einem Boot unterwegs, um Käfer zu fangen! Salzwasser spritzte mir ins Gesicht. Die Sonne blendete uns. Wir hatten eine Flasche Orangensaft und Kekse dabei. Und weil der Motor so laut lärmte, brauchte man kein Wort zu sagen.

Konnte es etwas Besseres geben? Nein!

Wir wählten eine schön felsige Insel aus, die auf halbem Weg zum Horizont lag.

Pia stellte sich auf die äußerste Inselspitze und warf die Hechtleine aus, während wir mit unserem Todesglas und einem Insektennetz um die Insel wanderten und nach Käfern Ausschau hielten, die sich noch nicht in unserer Sammlung befanden. Und wir hatten Glück. Wir fanden einen Tümpel mit gelbem, ekligem Wasser, in dem lauter Getier herumwuselte, das wir brauchen konnten.

Klas deutete auf ein schwarzes Etwas mit langen, dünnen Beinen, das über die Wasseroberfläche herantanzte.

»Das da ist ein Wasserläufer«, sagte Klas. »Der kann auf dem Wasser laufen.«

»Genau wie Jesus«, sagte ich. »Her mit dem Netz.«

Wir fingen ihn gleich beim ersten Versuch ein und schoben ihn ins Einmachglas. Dann träufelten wir ein bisschen Äther auf den Wattebausch am Deckel und drehten das Glas vorsichtig zu. Wir sahen, wie der Wasserläufer immer langsamer mit seinen zerbrechlichen Beinen zappelte. Nach einer Weile lag er regungslos da.

»Jetzt ist er tot«, stellte Klas fest.

Das war irgendwie kein gutes Gefühl.

»Sag mal, warum machen wir das hier eigentlich?«, fragte ich.

»Daran hat mein Vater Schuld«, erklärte Klas. »Wollen wir jetzt schwimmen?«

Doch das wollte Pia nicht. Sie wollte erst noch ein paarmal die Angelleine auswerfen.

Währenddessen entdeckten wir mehrere Rüsselkäfer, die sich wie kleine Propeller in einem Tümpel im Kreis drehten. Wir hatten gerade einen erwischt, als Pia einen Schrei ausstieß.

»Da!«, schrie sie.

Ich reichte Klas das Netz.

»Der Rüsselkäfer ist deine Sache«, sagte ich.

Jetzt musste ich erst einmal nachsehen, was Pia machte. Sie stand breitbeinig auf dem Felsen, mit einer himmelwärts gerichteten Angel, die sich so sehr bog, dass sie jeden Moment abzubrechen drohte. Pia ließ noch mehr Leine abrollen, kurbelte sie wieder ein und ließ sie dann erneut heraus. Mehr gab es nicht zu sehen. Ich verstand nichts vom Angeln, hatte noch nie etwas davon verstanden.

Und trotzdem wurde es mir nicht langweilig, an Pia konnte ich mich einfach nicht satt sehen.

»Jetzt, Ulf, sei bereit!«, rief sie.

»Wozu?«, fragte ich.

»Um ihn zu packen, wenn er kommt«, sagte sie.

Ich sah den Fisch schlagen. Als er eine Sekunde lang aus der Tiefe heraufschnellte, peitschte sein Schwanzende das Wasser auf. Dann tauchte er wieder nach unten, kam dabei aber unaufhaltsam näher.

»Was ist das? Ein Blauwal?«, fragte ich.

»Red keinen Bödsinn«, sagte sie. »Halt ihn fest!«

Ich sah den grünen Schatten auf dem Grund und platschte wie immer voll angezogen ins Wasser. Irgendwie gelang es mir, meine Arme um den Fisch zu schlingen. Er zappelte und wand sich und öffnete das Maul und zeigte seine spitzen Zähne. Ich versuchte seinem boshaften Blick auszuweichen.

»Ich hab ihn!«, ächzte ich.

Dann machte ich ein paar Schritte auf das Ufer zu. Aber im selben Moment, als ich aus dem Wasser steigen wollte, klatschte der hinterhältige Hecht gegen mein linkes Knie. Ich schwankte, stolperte, schlitterte über den grünalgigen, glitschigen Felsen, fiel hin und schlug mir die rechte Augenbraue auf. In meinem Schädel tanzten stechende blaue Sterne. Meine Ellenbogen schrammten gegen den scharfen Stein. Aber ich ließ nicht los. Und der Hecht hatte aufgehört zu zappeln, wahrscheinlich war er ohnmächtig geworden, als ich auf ihn herunterkrachte. Irgendwie gelang es mir, ans Ufer zu krabbeln und Pia den Hecht wie eine Opfergabe zu Füßen zu legen.

»Bitte sehr«, sagte ich.

»Du blutest«, sagte sie.

Sie schlug den bewusstlosen Hecht gegen den Felsen, bis er tot war. Dann widmete sie sich mir.

»Leg dich auf den Rücken«, befahl sie.

Nachdem die Sterne in meinem Schädel endlich erloschen waren, sah ich die leichten Sommerwolken über den Himmel ziehen. Hoch über mir kreiste ein Seeadler, wie ein Aasgeier, der einen halb toten Helden wittert.

»Wie fühlst du dich?«, fragte sie.

»Alles in Ordnung«, sagte ich.

Dann fiel mir etwas Besseres ein.

»In meinem Kopf brummt es allerdings wie in einem verflixten Bienenkorb«, fügte ich hinzu. »Und ich kann mich nicht auf den Beinen halten.«

Sie beugte sich über mich. Ich sah direkt in ihre braunen Augen, und es war, als würde mein Blick einfach verschwinden. Ich weiß nicht genau, wohin. Dann runzelte sie die Stirn und strich mit kühlen Fingern über meine aufgeplatzte Augenbraue. Ihre Finger rochen nach Fisch.

»Jedenfalls musst du nicht genäht werden«, stellte sie fest.

Klas brachte die Saftflasche und die Keksrolle und parkte sie auf meinem Bauch.

»Du kannst alles haben«, verkündete er, als wäre es die Letzte Ölung.

»Nett von dir«, flüsterte ich matt.

»Bleib vor allem ganz ruhig liegen«, sagte Pia. »Kann sein, dass du eine leichte Gehirnerschütterung hast. Ich werd erst mal die Blutung stillen.«

Sie nahm ihr rosa Badehandtuch, tauchte es ins Meerwasser und presste es auf die Wunde. Das restliche Handtuch legte sich über mein Gesicht. Mit diesem

Handtuch hat sie sich abgetrocknet, dachte ich. Von dem Gedanken wurde mir ganz schwindelig. Ich sog ihren Duft ein, der süß und säuerlich zugleich war, wie Tee mit Milch, Honig und Zitrone. Dann hielt ich so lange wie möglich die Luft an.

»Wenn du das Handtuch selbst festhältst, kann ich den Hecht ausnehmen«, sagte sie, als ich wieder Luft geschnappt hatte. »Jedenfalls vielen Dank, dass du ihn gepackt hast. Der wiegt doch garantiert über sechs Kilo, oder?«

»Garantiert«, sagte ich.

Nach einer Weile lüftete ich das Handtuch, um sie sehen zu können. Sie hockte neben einer Felsspalte, schlitzte den Hecht mit einem Messer auf, holte seine

Innereien heraus und reihte sie ordentlich nebeneinander auf.

»Das hier ist die Milz«, teilte sie uns mit. »Und das hier ist der Magen ... Und hier kommt die Galle und die Schwimmblase, mit der die Fische bestimmen können, wie tief sie tauchen wollen ... Und hier haben wir das Herz.«

»Was du alles weißt«, sagte ich.

»Ich möchte mal OP-Schwester werden«, erklärte sie mit einem Lächeln.

Ich lag da und bewunderte ihr chirurgisches Geschick. Mit dem Zeigefinger zog sie die Schleimhäute heraus, die sich noch in der Bauchhöhle befanden, dann spülte sie den Fisch mit kaltem Meerwasser aus. Ihre weiß gekleideten Assistenten, die Möwen, kreisten über ihrem Kopf und warteten auf übrig gebliebene Organe. Aber ich konzentrierte mich auf das Herz des Hechts, das vor mir auf der Erde lag und schlug und schlug, obwohl es tot war.

Mein eigenes Herz schlug und schlug ebenfalls.

»Hast du mich gern?«, fragte ich Pia unüberlegt.

Sicherheitshalber hob ich den Kopf. Für den Fall, dass sie auf die Idee käme, mich zu küssen.

»O Mann, du hast doch tatsächlich eine Gehirnerschütterung gekriegt!«, sagte sie.

Dann schmiss sie den Hecht ins Boot. Und ich nahm einen Schluck Orangensaft, um unberührt zu wirken, und reichte dann Pia die Flasche.

»Lach doch mal«, sagte ich.

»Warum soll ich lachen?«, fragte sie.

»Weil ich es will«, sagte ich.

»Aber es gibt doch nichts, worüber ich lachen könnte, erklärte sie.

Danach blieben wir nicht mehr lange auf der Insel. Pia hatte ihren Riesenfisch gefangen und war zufrieden. Klas hatte zwei neue Käfer erbeutet und war ebenfalls zufrieden. Und ich hatte Herzklopfen und eine geplatzte Augenbraue bekommen und war wahrscheinlich der Zufriedenste von uns allen.

Ich werde an etwas erinnert, das ich vergessen hatte

Ein paar Tage später lag ich im Achtersalon, dem Schlafzimmer meiner Eltern, auf der Bettcouch. Ich fand es herrlich, auf der Couch zu liegen und zuzuschauen, wie die Staubkörner im Licht, das durch das Fenster fiel, endlos auf- und abschwebten. Dabei stellte ich mir vor, es wären im Weltraum umherschwebende Monde und Planeten.

Über dem linken Auge hatte ich inzwischen ein Pflaster, das mich erfahren, hart und weltgewandt aussehen ließ. Zumindest glaubte ich selbst das.

»Aber Schätzchen, was hast du denn da angestellt?«, hatte Mama gefragt, als ich mit meiner verwundeten Braue nach Hause gekommen war.

»Hast du dich geprügelt?«, erkundigte sich Großvater interessiert.

»Ja«, sagte ich.

»Mit einem Fisch«, teilte Klas mit, der mich nach Hause begleitet hatte.

Mein Bruder fand das sehr komisch. Manchmal war Klas nicht besonders feinfühlig. Papa erhob sich unwillig aus dem Liegestuhl, legte sein Kreuzworträtsel aus der Hand, säuberte die Wunde mit 96-prozentigem Zahnarztalkohol und klebte ein Pflaster darüber. Dann kehrte er zu seinem Liegestuhl zurück und vertiefte sich wieder in das Kreuzworträtsel. Er kaute an einem Bleistiftende und kratzte sich am Ohr. Und das nannte er Erholung.

»Etwas, das Männer mit sich herumtragen«, sagte er.

»Wie viele Buchstaben?«, fragte Mama.

»Neun«, sagte Papa.

»Dann weiß ich's«, sagte Mama.

»Ich auch«, sagte mein Bruder.

»Keine Ahnung habt ihr. Und ihr haltet gefälligst den Mund, alle beide!«, sagte Papa.

Ich selbst verzog mich in den Achtersalon, guckte mich im Spiegel an und zerbrach mir den Kopf darüber, womit ich Pia zum Lachen bringen könnte. Am nächsten Tag lief ich in den Keller und holte zwanzig Exemplare von *Das Beste* herauf. Darin gab es naturwissenschaftliche Artikel, Novellen, schauerliche Kriegsgeschichten und Witze, die »Humor in Uniform« hießen und über die ich oft gelacht hatte.

Das tat ich jetzt auch. Anfangs lag ich auf dem Sofa und kicherte vor mich hin, während ich einen der Witze auswendig lernte. Anschließend baute ich mich vor dem ovalen Spiegel über der Kommode auf und übte, wie ich ihn vortragen würde.

»Da war mal ein Soldat, der hatte einen Stein im Schuh«, begann ich.

In diesem Moment klingelte das Telefon im Flur. Und kurz darauf betrat Mama ohne anzuklopfen den Salon.

»So, so, du lachst«, sagte sie.

»Klar, ich lerne gerade Witze auswendig«, sagte ich. »Willst du einen hören?«

»Nein, jetzt nicht. Ich muss etwas mit dir besprechen, etwas, das nicht ganz so lustig ist. Weißt du, wer gerade angerufen hat?«

»Nein.«

»Percys Mutter. Sie war glänzender Laune.«

»O nein«, stöhnte ich.

»Doch, das war sie«, sagte Mama. »Sie war überglücklich, weil Percy uns besuchen würde und sie endlich mit ihrem Mann einen Campingurlaub machen könne, genau wie früher. Sie fragte, was Percy mitbringen soll, wenn er morgen kommt.«

»Morgen?«, wiederholte ich.

»Ja, genau, morgen«, sagte Mama. »Aber warum um Himmels willen hast du denn nichts davon gesagt, mein Junge?«

»Hab's vergessen«, erklärte ich. »Hab in letzter Zeit so viel anderes zu tun gehabt.«

Und so war es ja auch.

Die Liebe sorgt zwar dafür, dass einem manches scheinbar Unwichtige im Gedächtnis bleibt, wie zum Beispiel ein Blick, ein Kopfsprung, ein Lachen, eine Armbewegung, der Duft eines Badetuchs. Aber andere Sachen vertreibt sie dafür total aus dem Gedächtnis, nämlich zum Beispiel, dass man seinen besten Freund ins Haus seines cholerischen Großvaters eingeladen hat.

Ich wusste nicht einmal, ob ich überhaupt noch wollte, dass Percy kommt. Irgendwie hatte ich das Gefühl, als würde er bei der Käfersuche und den Liebesdingen nur stören.

Mama schüttelte den Kopf.

»Manche Dinge darf man einfach nicht vergessen«, sagte sie. »Wenn Percys Mutter sich nicht so von Herzen gefreut hätte, hätte ich auf der Stelle nein gesagt.«

»Aha«, sagte ich.

»Aber was hätte ich sagen sollen?«, fuhr sie fort. »Ich wurde ja völlig überrumpelt. Und dann ist morgen auch noch dein Geburtstag und alles.«

»Wirklich?«, sagte ich.

»Tu doch nicht so«, sagte Mama. »Alles Weitere besprechen wir beim Essen.«

Damit ging sie aus dem Zimmer. Ich angelte das Gebiss aus meiner Hosentasche und steckte es mir in den Mund. Als ich mich im Spiegel ansah, lächelten die Zähne von ganz alleine. Ich sah echt komisch aus. Ha, ha!

Ich stieß ein heiseres Lachen aus, um mich selbst aufzumuntern. Dass ich meinen Geburtstag vergessen hatte, war bisher noch nie vorgekommen.

Dann ging ich in den Garten, sammelte zwölf Kohlweißlingsraupen in eine Tüte und überreichte sie Großvater ohne auch nur eine Öre dafür zu verlangen. Ich zog zwei Eimer Wasser aus dem Brunnen. Ich lief zum Laden und kaufte Großmutter eine Schachtel Zigaretten. Und ich bot Papa an, ihm bei seinem Kreuzworträtsel zu helfen. Aber das wollte er nicht.

Trotzden war die Stimmung beim Abendessen nicht

gerade berauschend. Im Nachbarhaus übte der Lehrer einen Choral für eine Beerdigung. Großvater kaute an seinen Schweinekoteletts. Wir Übrigen bekamen Dorsch in Eiersoße, auf Wunsch auch geriebenen Meerrettich dazu. Großmutter aß den Dorschkopf und stocherte mit gutem Appetit mit ihrer Gabel in dem gekochten Gehirn.

»Was! Will Percy uns etwa besuchen?«, beschwerte sich mein Bruder. »Und wo soll dieser Idiot dann schlafen? Als ob es nicht genug wäre, dass ich mit dem Dickwanst da das Zimmer teilen muss!«

Er deutete mit dem Messer auf mich.

»Na, na, Jan«, sagte Papa. »Ulf ist nicht dick, er ist nur kräftig gebaut. Aber es lässt sich nicht leugnen, dass er sich in dieser Angelegenheit nicht korrekt verhalten hat. Ulf, eine solche Sache kannst du doch nicht einfach so selbstherrlich entscheiden, ist dir das klar?«

»Ja«, sagte ich, obwohl ich nicht so recht wusste, was selbstherrlich bedeutete. Jedenfalls begriff ich, dass es nichts Gutes war.

»Habe ich richtig gehört? Kommt noch jemand her?«, schrie Großvater, der schwerhörig war, vor allem wenn er sich aufs Essen konzentrierte.

»Ja, einer von Ulfs Klassenkameraden!«, erklärte Mama mit lauter Stimme. »Ein sehr netter Junge. Er heißt Percy und kommt morgen um zwölf mit dem Schiff.«

»Noch so ein Rotzbengel!«, brüllte Großvater, dass ihm die Soße nur so aus dem Mund spritzte. »Was glaubt ihr, was das hier ist? Eine Jugendherberge für hergelaufene Lümmel?! Aber eins sag ich euch, wenn er mich ärgert, fährt er mit dem nächsten Schiff zurück, verstanden?«

»Warum musst du immer einen solchen Aufstand machen?«, fragte Großmutter.

»Weil«, sagte Großvater kauend. »Weil, weil … ich meine Ruhe haben will!«

Damit verließ er das Zimmer. Seine Koteletts nahm er mit.

Großmutter schob eine ihrer weichen weißen Locken aus der Stirn. Dann lutschte sie ein gekochtes Dorschauge aus, ihrer Ansicht nach das Beste vom ganzen Fisch. Meiner Ansicht nach schlimmer als ein Horrorfilm. Aber jetzt gerade machte es mir nicht so viel aus, weil ich an Percy denken musste.

Sogar *bevor* er überhaupt angekommen war, schaffte er es, alle auf die Palme zu bringen.

»Immerhin ist morgen mein Geburtstag«, sagte ich leise.

»Tja, besonders viele Geschenke wirst du wohl kaum kriegen«, meinte mein Bruder.

»Die kriege ich auch sonst meistens nicht«, sagte ich, was der Wahrheit entsprach.

Das war eben der Nachteil, wenn man im Juli Geburtstag hatte. Im Konsum oder in Ströms Gemischtwarenladen gab es nicht viel Geschenkmäßiges zu kaufen. Meistens endete es mit einem Skizzenblock, einer Schachtel Wachskreiden, einem ordentlichen Stück Gutskäse und einer Tafel Schokolade. Käse wünschte ich mir jedes Jahr. Ich liebte Käse. Manchmal gab es auch etwas, das meine Eltern aus der Stadt mitgebracht hatten.

»Von mir kriegst du einen Pferdebiss«, flüsterte mein Bruder.

Ein Pferdebiss, das war, wenn einem jemand auf den Oberschenkel schlug und anschließend fest zukniff.

»Danke«, sagte ich.

»Ja, vielen Dank für dieses wirklich schmackhafte Essen«, sagte Papa, und das, obwohl er die halbe Portion auf dem Teller gelassen hatte.

Mama stand in der Küche und machte den Abwasch. Papa kehrte zu seinem Kreuzworträtsel zurück. Großmutter hatte sich auf ihrem Lieblingsstuhl am Fenster niedergelassen. Da saß sie, blickte über die Bäume und das Wasser hinaus und rauchte eine Zigarette in einer langen Zigarettenspitze.

Der Rauch ringelte sich zur Decke hinauf, blauweiß wie ihr üppiges Haar, das am Hinterkopf hochgesteckt war.

Sie saß aufrecht da und sah aus wie jemand aus einem französischen Film.

»Mach mir bitte einen Rauchring«, bat ich.

Ohne zu antworten machte sie einen. Ich stellte mich hinter ihren Rücken und spähte ebenfalls zum Fenster hinaus. Draußen stand Großvater mit seinem fleckigen alten Hut und buddelte noch einen weiteren Stein aus der Erde, das tat er fast immer. Er grub die Brocken heraus, um noch mehr Land für seine Beete zu bekommen.

Mit zornigen, ruckhaften Bewegungen stieß er den Spaten in die Erde.

»Großmutter«, sagte ich.

»Ja, was ist?«

»Warum ist Großvater eigentlich immer wütend?«

»Er ist, wie er ist«, sagte sie.

»Ist er schon immer so gewesen?«

»Nein, anfangs vielleicht nicht«, sagte sie nach einer Weile. »Als wir uns kennen lernten ... da war er froh. Wahrscheinlich hoffte er, dass ich ihn irgendwann genauso gern haben würde wie er mich.«

»Aber das hast du nicht?«

Darauf antwortete sie nicht, sondern sandte nur ein Rauchzeichen in die Luft.

»Aber warum hast du ihn dann geheiratet?«

»Du weißt doch, wie Großvater ist.«

»Wie denn?«

»Hartnäckig«, sagte Großmutter. »Wenn er sich erst mal was in den Kopf gesetzt hat, gibt er nicht auf. Und ich dachte … Ja, was dachte ich? Ich dachte wohl, dass er ja so viel unterwegs sein würde als Seemann.«

»Und war er das nicht?«

»Doch«, sagte Großmutter. »Doch, das war er … Aber von jeder Reise brachte er Geschenke mit, die er für mich gemacht hatte. Er schaute mich an und hoffte, dass ich mich freuen würde. Aber wie soll man froh wirken, wenn man sich nicht freut?«

»Weiß ich nicht.«

»Nein, kannst du auch nicht wissen. Jetzt hoffe ich nur, dass alles mit deinem kleinen Freund gut geht.«

»Das hoffe ich auch«, sagte ich.

An diesem Abend ging ich früh schlafen. Ich schloss die Augen und versuchte zu träumen, dass ich Pia einen Witz erzählte, über den sie so sehr lachen musste, dass sie mir in die Arme fiel. Doch das klappte nicht. Stattdessen träumte ich von Percy. Er stand ganz vorne im Bug eines Schärendampfers, winkte und rief mir etwas zu.

»Jetzt komme ich, Ulf!«, rief er.

Herrje, dachte ich.

Percy kommt an und Großvater zerschlägt einen Stuhl

Am nächsten Tag kam Percy mit dem Zwölfuhrschiff. Es war windig und regnete. Ich stand auf dem Dampfersteg und wartete unter Großmutters Regenschirm. Und er stand im Bug und winkte.

»Jetzt komme ich, Ulf!«, rief er, lange bevor das Schiff angelegt hatte.

Ich wusste nicht recht, ob ich traurig sein oder mich freuen sollte.

Er hatte eine abgeschnittene Hose an, Sandalen und eine rote Strickmütze. In der Hand hielt er einen ziemlich kleinen Koffer. Und außerdem hatte er einen Schwimmgurt aus Kork um den Bauch.

»Mensch, Ulf, bin ich froh, dass ich jetzt hier bin«, sagte er, nachdem er an Land gesprungen war. »Hab gewartet und gewartet. Meine Mutter hat einen Kalten Hund für uns gebacken. Und das hier hat mir ein Vetter geliehen.«

Stolz deutete er auf den Korkgurt.

»Hast du den während der ganzen Reise angehabt?«, fragte ich.

»Klar! Wer will denn schon ertrinken!«, sagte er. »Ich hab meinem Vater versprochen, dass ich Schwimmen lerne, und zwar zwanzig Meter. Na, das will ich erst mal

sehen, hat er gebrummt. Das wirst du auch, sagte ich. Wir haben um fünfzig Kronen gewettet. Was sagst du dazu?«

Ich sagte nichts.

Zum Spaß boxten wir uns gegenseitig in den Bauch, weil wir uns schon so lange nicht mehr gesehen hatten.

Wir gingen am Wartehäuschen vorbei. Dort drin hatte ich ein Herz ins Holz geritzt, in dem ULF + PIA stand. Aber sicherheitshalber unter die Bank, wo niemand es sehen konnte.

Außerdem hatte ich geschrieben:

IM FALLE EINES FALLES
KLEBT KARLSSONS KLEBER ALLES,
SELBST GEBROCHENE HERZEN.

Das stand mit großen Buchstaben an der Wand. Aber das zeigte ich Percy nicht, wir schauten nicht einmal hinein. Wir liefen an den alten Wracks vorbei, die im Wasser der Bucht langsam zerfielen, und stapften dann den steilen Pfad zum Haus hinauf.

Percy zog sich die Mütze über die Ohren und klapperte mit den Zähnen.

»An meinem Geburtstag regnet es fast immer«, bemerkte ich entschuldigend.

»Ach ja, natürlich. Glückwunsch!«, klapperte er. »Hab kein Geschenk mitgebracht, weil ich dachte, ich selbst könnte sozusagen das Geschenk sein.«

»Das bist du auch«, sagte ich. »Jetzt laufen wir rein und begrüßen Großvater. Aber vergiss nicht, was ich gesagt hab.«

»Was hast du denn gesagt?«

»Dass du vorsichtig sein musst. Wenn er sich aufregt, schnappt er nämlich total über.«

»Keine Angst«, sagte Percy und legte mir den Arm um die Schultern. »Ist es noch weit?«

»Nein. Hier ist es!«, sagte ich.

Wir waren oben angelangt, und vor unseren Nasen lag das weiße Haus. Percy blieb jäh stehen und stellte seinen Koffer in eine Pfütze. Er betrachtete die beiden Türme, die eigentlich Erker waren, und bewunderte das flache eingezäunte Dach.

»Das hier ist kein Haus, Ulf«, sagte er. »Das hier nenne ich ein Schloss.«

»Nenne es, wie du willst«, sagte ich. »Aber jetzt gehen wir rein!«

Großvater war im strömenden Regen auf seinen schmerzenden Knien im Beet herumgekrochen und hatte Erdbeeren für meine Torte gepflückt. Er selbst machte sich nichts aus Torte.

Und im Regen herumkriechen und nass werden fand er auch nicht gut.

Er wollte Dickmilch essen.

Wir saßen in Großmutters Salon und lauschten dem steten Ticken der Standuhr und dem beharrlichen Trommeln des Regens gegen das Dach. Die Erwachsenen tranken Kaffee, und wir, die weniger Erwachsenen, bekamen Himbeersaft.

Nachdem wir uns alle an den Tisch gesetzt hatten, deutete Großvater mit seinem kräftigen Zeigefinger auf Percy.

»Aha, und du bist also Percy«, sagte er.

»Ja«, sagte Percy.

»Du sollst ja so ein netter Junge sein«, fuhr Großvater

fort. »Da kannst du mir gleich mal einen Teller Dickmilch bringen. Die Dickmilch steht im Kühlschrank im Flur. Einen tiefen Teller findest du im Küchenschrank, Löffel in der Schublade. In die Dickmilch kommt ein Esslöffel Zucker. Und eine Prise Ingwer. Die Gewürzdose steht auf dem Gewürzregal. Mach dich auf die Beine, Junge!«

»Aye, Aye, Käpt'n«, sagte Percy, obwohl Großvater nur Obermaschinist gewesen war.

Nach einigem Geklapper kam er mit Großvaters Teller zurück und salutierte.

»Sei nicht albern«, sagte Großvater. »Nimm dir ein Stück Torte und gib Ruh!«

Während Percy in der Küche war, hatte Mama die Kerzen auf der Torte angezündet. Jetzt pustete ich sie mit einem einzigen Atemzug aus, wie es sich gehörte. Denn dann durfte man sich etwas wünschen.

Und ich wusste genau, was ich mir wünschte.

»Was wünschst du dir denn, Ulf?«, fragte Großmutter.

»Das darf man nicht laut sagen, weil es dann nicht in Erfüllung geht«, sagte ich.

»Aber es fängt mit einem K an und hört mit zwei s auf und dazwischen steht ein u, stimmt's?«, sagte mein Bruder und trommelte mit dem Löffel auf seinem Kuchenteller.

»Stimmt ja gar nicht«, schrie ich. »Ich wünsche mir eine Dampfwalze, mit der ich dich überfahren kann!«

»Hört auf zu zanken«, sagte Papa. »Denkt daran, dass ich Urlaub habe.«

Daran dachte ich überhaupt nicht. Ich ließ mir genüsslich die Torte schmecken. Sie war mit Schlagsahne bedeckt und den Tortenboden hatte Mama eigenhändig gebacken. Alle bis auf Großvater aßen mit gutem Appetit davon. Großvater löffelte seine Dickmilch mit Ingwer. Plötzlich musste er niesen. Er nieste so sehr, dass er fast die Erbeeren von der Torte gepustet hätte. Und dann nieste er weiter und sein Gesicht verfärbte sich rot und röter, bis sein runder Kahlkopf mit den Haarbüschelchen über den Ohren schließlich selbst fast wie eine Erdbeere aussah.

»War das hier deine Idee?«, fragte er Percy, als er zu Ende gegessen hatte.

»Was denn?«

»Keine Ausflüchte!«, sagte Großvater. »Irgendjemand hat mir Pfeffer statt Ingwer in meine Dickmilch gestreut. Warst du das?«

»Ja«, sagte Percy.

»Das war bestimmt ein Versehen«, sagte ich. »Er ist doch noch nie hier gewesen.«

»Das war kein Versehen«, sagte Percy. »Das war ein Scherz.«

Da erhob Großvater sich und starrte Percy durchdringend an.

»Hast du keine Angst vor mir?«, brüllte er.

»Nein«, sagte Percy und stand ebenfalls auf.

»Mach mich nicht wütend!«, rief Großvater und stampfte auf.

»Haben Sie denn keinen Humor?«, fragte Percy.

Da hob Großvater seinen Stuhl über den Kopf, einen Stuhl aus Eichenholz, einen soliden alten Stuhl, dessen Rückenlehne mit geschnitzten Löwenköpfen verziert war, der einen Ledersitz hatte und Beine, die in Löwenfüßen endeten.

»Aber jetzt!«, schrie Großvater. »Jetzt hast du doch Angst?«

»Nein«, sagte Percy.

Da schlug Großvater den Stuhl mit solcher Kraft gegen die Tischplatte, dass das Holz splitterte. Die Kaffeetassen und Gläser hüpften und die Stuhlbeine brachen ab. Mein Bruder wurde blass. Ich wurde blass. Und Papa wurde auch blass.

»Na? Jetzt bist du wohl ordentlich erschrocken, was?«, sagte Großvater in das große Schweigen hinein, das entstanden war.

»Nö«, sagte Percy.

Ich wagte fast nicht Großvater anzusehen, konnte es mir dann aber doch nicht verkneifen. Seine Nasenflügel blähten sich. Er presste die Zähne so fest aufeinander, dass sein Gebiss zu knirschen begann. Sogar die weiß gepuderten Damen auf dem Bild überm Sofa sahen ein wenig nervös aus. Nur Percy wirkte nicht nervös. Er reckte das Kinn in die Luft.

Da lachte Großvater.

»Donnerwetter«, sagte er. »Du bist mir ein mutiger Knirps. Jetzt gehen wir in die Werkstatt und reparieren den Stuhl.«

Ich kam mit. In der Werkstatt hatte Großvater tausend Werkzeuge und nützliche Sachen: Sägen, Stemmeisen, Schraubengewinde, Traktorreifen, Maurerkellen, Hacken, Hämmer, Zwingen, Spaten, Zement, Brecheisen, Kupferdraht, Teerpappe und außerdem noch zwei Kisten mit krummen Nägeln, die er gerade zu klopfen pflegte, wenn er in der entsprechenden Stimmung war.

Percy und Großvater beugten sich über die Werkbank und versuchten die Stuhlbeine wieder zusammenzufügen.

»Das hat ganz schön gekracht, was?«, fragte Großvater lächelnd.

»Ja, war echt toll«, sagte Percy. »Soll ich hier eine Schraube reindrehen?«

»Genau das wollte ich gerade vorschlagen«, sagte Großvater.

Sie leimten die Teile zusammen. Ich half auch mit. Großvater schien es zu gefallen, dass er zwei Gehilfen bekommen hatte. Als wir fertig waren, hatte der Regen aufgehört.

Über der Bucht schimmerte ein Regenbogen, wie um meinen Geburtstag zu feiern.

»Na, das haben wir doch gut gemacht«, sagte Großvater und klopfte Percy auf die Schulter. »Falls du mal Zeit übrig hast, kannst du gern ein paar Nägel gerade klopfen.«

»Ja, das macht bestimmt Spaß«, sagte Percy.

Als wir zurückkamen, stand Jan in der Küche und trocknete Geschirr ab. Er warf Percy einen sauren Blick zu und tat so, als würde er sich mit zwei Schmeißfliegen unterhalten, die über dem Herd umhersummten.

»Und mit diesem Idioten muss man im selben Zimmer schlafen«, sagte er.

Die Schmeißfliegen sagten nichts.

»Muss nicht sein«, sagte Percy. »Ich kann überall schlafen. Das hab ich schon früher gemacht.«

»Du kannst in meinem Zimmer schlafen«, sagte Großvater.

»Danke«, sagte Percy.

Aber hinter ihm stand meine Bruder und hielt sich grinsend die Nase zu.

Im Holzschuppen finden wir Glaube, Hoffnung und Liebe und erfahren etwas über Buffalo Bill

Percy wollte, dass ich ihn herumführte und alles zeigte, was es hier gab. Ich zeigte ihm das hölzerne Klohäuschen, wo die Spinnen Spitzenvorhänge vor die Fenster gewoben hatten. Und den Keller und die Pumpe und den Wandschrank, in dem es nach Mottenkugeln roch und wo hinter Großmutters altem Wintermantel ein Kleinkalibergewehr stand. Dann gingen wir zu dem verfallenen Schuppen am Ufer und sahen uns das vermoderte Segelkanu an.

»Das hat mein Vater gebaut, als er jung war«, erklärte ich.

»Wollen wir es reparieren?«, fragte Percy.

»Hat keinen Sinn«, sagte ich. »Komm, jetzt gehen wir zum Holzschuppen.«

Vor dem Holzschuppen stand ein Hackklotz, in dem ein Beil steckte. Und im Innern des Schuppens gab es einen Verschlag voller Kohlen und einen Stapel ungehacktes Holz.

In der hintersten Ecke leuchtete etwas in dem Licht auf, das durch die Tür fiel.

»Was ist das?«, wollte Percy wissen.

»Was denn?«

»Dahinten glänzt etwas«, sagte er.

Ich wusste, was es war. Großvater wollte nicht darüber reden. Aber Papa hatte es erzählt.

»Das sind die Sachen, die Großvater für Großmutter gemacht hat, als er zur See fuhr.«

»Die will ich sehen«, sagte Percy.

Percy wollte immer alles sehen, was glänzte.

Also schleppten wir die Sachen ins Freie. Als Erstes einen Tisch mit einer Platte aus gehämmertem Kupferblech und mit Messingbeinen. Und obwohl das Metall seinen ursprünglichen Glanz zum größten Teil verloren hatte, sah das Ganze dennoch eindrucksvoll aus. An den Querseiten hatte Großvater ein paar dünne Messingrohre zu Großmutters Initialen gebogen: E. S. Das bedeutete Erika Stark.

Außerdem lag da zwischen den Holzscheiten versteckt ein vierblättriges Kleeblatt aus Kupfer mit einem Kreuz, einem Anker und einem Herzen aus Messing.

»Das bedeutet Glaube, Hoffnung und Liebe«, sagte ich.

Auf den vier Kleeblättern waren ovale Fotos angebracht und in der Mitte stand mit verschnörkelter Schrift »Für Erika zum Namenstag« eingraviert.

»Was sind das für Leute?«, fragte Percy und deutete mit dem Kopf auf die Fotos.

»Großvater und Großmutter, als sie jung waren«, erklärte ich. »Und dann noch Papa und seine Schwester als Kinder. Ziemlich scheußlich, das alles, findest du nicht auch?«

Doch das fand Percy nicht. Er bewunderte Großvaters Metallarbeiten und musterte jedes einzelne Schräubchen.

»Schau dir doch mal diese Nieten an. Und die gedrechselten Knäufe! Das muss ja ewig gedauert haben, bis das fertig war!«

»Schon möglich«, sagte ich. »Aber schön ist es trotzdem nicht. Und Großmutter wollte es auch nicht haben. Deshalb hat sie es hier versteckt. Los, wir bringen das Zeug schnell wieder in den Schuppen zurück.«

Doch dafür war es schon zu spät. Bevor wir irgendetwas in den Schuppen tragen konnten, kam Großvater mit einem Ast an, den er zersägen wollte. Jetzt ließ er den Ast einfach fallen und starrte auf den Tisch und das kupferne Kleeblatt.

Dann schluckte er und rieb sich die Stirn.

»Was treibt ihr da eigentlich!«, sagte er leise. »Dieses Gerümpel muss verschwinden! Schafft es fort! Ich will es nicht sehen!«

»Mir gefällt es. Ich kann es putzen, bis es glänzt«, sagte Percy.

»In Drei Teufels Namen!«, fuhr Großvater uns an. »Was hab ich gesagt? Weg damit! Mund halten! Und fort mit euch!«

Als wir ein paar Schritte gerannt waren, drehten wir uns um. Wir sahen, wie Großvater den Tisch aufhob und mit voller Wucht in den Schuppen schleuderte. Und das Kleeblatt mit den Fotos flog gleich hinterher. Da gingen wir ins Haus.

»Jetzt hast du Großvater heute schon zweimal geärgert«, sagte ich. »Warum hast du ihm eigentlich Pfeffer statt Ingwer in die Dickmilch getan?«

»Ich hatte die verkehrte Dose erwischt«, erklärte Percy. »Es war ein Versehen. Aber das wollte ich nicht zugeben, weil das feige gewesen wäre.«

An diesem Abend spielten wir dreimal Schwarzer Peter, weil ich gesagt hatte, dass ich früher in den Ferien oft Spiele gespielt hatte. Mein Bruder spielte auch mit, schließlich hatte ich ja Geburtstag. Er hatte das Kartenspiel gekauft und durfte daher die Karten mischen.

Ich war bereits zweimal Schwarzer Peter geworden.

Dann wurde ich es noch einmal.

»Echt verrückt«, sagte mein Bruder. »So ein Pech! Du bist doch hoffentlich nicht traurig?«

»Nein«, sagte ich. »Über das Alter bin ich jetzt hinaus.«

»Dann spielen wir noch eine Runde, ja?«, schlug mein Bruder vor.

»Nein, jetzt ist genug!«, rief Großvater aus der Kapitänskajüte nebenan. »Ich will schlafen. Und ich hasse Kartenspiele. Komm her, Percy. Und du auch, Ulf!«

Er befahl uns, eine Luftmatratze aus dem Wandschrank zu holen. Die bliesen wir dann auf, bis uns schwindelig wurde, und legten sie auf den Boden in Großvaters Zimmer. Dort sollte Percy schlafen. Dann mussten wir Großvaters Schuhe aufbinden. Ihm selbst fiel es schwer, seine Schnürsenkel zu erreichen. Als er auf See gewesen war, hatte ein spezieller Messjunge ihm die Schuhe zu- und aufbinden müssen.

»Der Bauch ist im Weg«, sagte er. »Du findest mich bestimmt ziemlich dick?«

»Ja«, sagte Percy.

»Das bin ich auch«, sagte Großvater. »Aber jetzt werde ich dir was zeigen!«

Er ging zum Schreibtisch. Der Schreibtisch hatte drei Schubladen, eine davon war abgeschlossen. Das wusste ich, weil ich mehrmals versucht hatte, sie zu öffnen. Plötzlich blies er auf seine geschlossene Faust. Und als er die Faust öffnete, lag ein Schlüssel darin. Diesen Trick hatte er mir noch nie gezeigt. Ich wusste nicht, dass er überhaupt irgendwelche Tricks konnte. Jetzt schloss er die Schublade auf und holte eine Münze heraus.

»Weißt du, was das hier ist, Percy?«, fragte er.

»Klar weiß er das«, sagte ich. »Das ist doch ein Geldstück.«

»Ja, aber nicht irgendeins. Das hier ist ein Silberdollar. Und zwar kein beliebiger Silberdollar«, fuhr er fort. »O nein. Das ist eine ganz besondere Münze. Seht ihr das hier?«

Er setzte seinen gesprungenen Daumennagel mitten auf die Münze.

»Da ist eine Delle«, sagte Percy.

»Das ist die Stelle, die Buffalo Bill traf, als er auf die Münze schoss«, erklärte Großvater.

Und dann erzählte er von Buffalo Bill.

Es war das erste Mal, dass ich Großvater davon erzählen hörte. Und ausnahmsweise fluchte er fast überhaupt nicht.

»Buffalo Bill hieß eigentlich William F. Cody«, begann Großvater. »Aber er nannte sich Buffalo Bill, weil ihm der Name besser gefiel. Und weil er ein berühmter Büffeljäger, Kundschafter und Abenteurer im Wilden Westen war.«

Andere Abenteurer nannten sich Wild Bill Hickock oder Texas Jack. Doch die hatte Großvater nie getroffen.

»Damals in London, da habe ich ihn gesehen«, erzählte Großvater. »Er gastierte dort mit seinem weltberühmten Wild-West-Zirkus, mit dem er um die ganze Welt reiste. Wir lagen im Hafen. Ich habe die Vorstellung dreimal besucht. Zum Schluss musste ich meine Uhrenkette verkaufen, um mir eine Eintrittskarte leisten zu können.«

»War es gut?«, fragte Percy.

»Gut?«, sagte Großvater. »Es war wunderbar! Wilde Büffel kamen angerast, bis man glaubte, sie würden einem auf dem Schoß landen. Echte Indianer und Cowboys traten auf. Und was die für Kunststücke konnten! Hab noch nie im Leben etwas Ähnliches gesehen. Buffalo Bill saß auf einem weißen Pferd und schoss am besten von allen. Das Publikum durfte Münzen in die Luft werfen und auf die hat er dann geschossen und jedes Mal getroffen. Diese hier hab ich gefangen.«

Großvater drehte die Münze um, warf sie hoch und fing sie wieder auf.

»Diese Münze würde ich nicht mal für tausend Kronen verkaufen«, sagte er. »Die ist ein Andenken. Hinterher fragte ich ihn, ob er sie zurückhaben wollte. *No, no,* sagte er. *Jast kiip it.*«

»Dann hast du also richtig mit ihm gesprochen?«, fragte ich.

»Klar«, sagte Großvater. »Seine Hand hab ich auch geschüttelt. Er hatte weiße Stulpenhandschuhe an. *Najs too miit juu,* sagte er. Das bedeutet ›Nett Sie kennen zu lernen‹.«

Bei dieser Erinnerung musste er lächeln. Dann legte er die Dollarmünze wieder in die Schreibtischschublade zurück.

»Ein Foto hat er mir auch geschenkt«, fuhr Großvater fort. »Da sitzt er auf seinem Pferd, hat einen Cowboyhut auf und lächelt. Ich bat ihn, einen Gruß an Großmutter daraufzuschreiben. *To Erika Stark with love, yours Buffalo Bill,* schrieb er. Ich weiß nicht, ob sie das Foto noch hat. Damals sagte sie jedenfalls, er sei der stattlichste Mann, den sie je gesehen hätte.«

»Warum hast du mir das noch nie erzählt, Großvater?«, fragte ich. Das kam mir irgendwie ungerecht vor. Zuerst brachte Percy ihn auf die Palme und ein paar Stunden später hatte Großvater ihm schon alle seine Geheimnisse gezeigt.

»Keine Ahnung. Das hat sich wohl einfach nicht ergeben«, sagte Großvater.

»Nein, das hat es wohl nicht«, sagte ich.

»Ich hätte euch jedenfalls gern aus seinen Memoiren vorgelesen«, sagte er. »Das ist nämlich das beste Buch, das es gibt. Aber meine Augen sind ja so erbärmlich schlecht. Könntest du uns nicht stattdessen vorlesen, Percy?«

»Von mir aus«, sagte Percy.

Großvater holte die Memoiren von William F. Cody, und Percy begann vorzulesen.

Wenn er in der Schule vorlesen musste, stotterte er jedes Mal und blieb immer wieder stecken. Aber jetzt las er ruhig und flüssig wie ein richtiger Radiosprecher. Er las uns über Buffalo Bills Kindheit vor, als sein Vater mit der Familie nach Kansas zog und dort mit ein paar Sklavenhaltern in Streit geriet und von ihnen in den Rücken gestochen wurde.

»Ich glaubte, er sei tödlich verletzt. Das Messer hatte die Nieren getroffen und eine schlimme Wunde hinterlassen. Doch er starb nicht daran – jedenfalls nicht sofort. Mutter pflegte ihn sorgfältig, und wenn ihm wei-

tere Verfolgungen erspart geblieben wären, hätte er sich gewiss erholt. Doch dies war erst der Anfang.«

An dieser Stelle begann Großvater zu schnarchen. Das klang wie eine schnaubende Büffelherde. Percy legte sich auf die Luftmatratze und schob sich das Buch unter den Kopf.

»Gut gelesen«, sagte ich. »Wir sehn uns morgen früh.«

»Na klar«, sagte Percy. »Dein Großvater, der ist ja ein echter Spaßvogel.«

»Findest du?«

»Ja. Und zornig ist er auch.«

»Er ist von allem etwas«, sagte ich. »Gute Nacht.«

Dann schlüpfte ich in die Damenkajüte und kletterte ins Oberbett hinauf.

»Deinem Freund wird nur ein kurzes Stündchen hier auf Erden beschieden sein«, sagte mein Bruder aus dem Unterbett. »Bald hat Großvater ihn zu Tode gefurzt.«

»Percy hält viel aus«, sagte ich. »Aber jetzt musst du die Klappe halten, damit ich träumen kann.«

Ich wollte nämlich träumen. Ich wollte von einer gewissen Person träumen.

In dieser Nacht wachte ich zweimal auf, weil der Lehrer im Nachbarhaus hustete. Jedes Mal versuchte ich, mich an Pias Duft zu erinnern.

Aber es ist fast unmöglich sich an einen Duft zu erinnern.

Vor allem dann, wenn man im Zimmer neben Großvaters Schlafzimmer liegt.

Wir kundschaften Nudisten aus und erleben die Entstehung eines Käfers

Als ich am nächsten Tag aufwachte, war Percy nicht mehr im Haus.

Er hatte sich draußen im Garten in die geblümte Hollywoodschaukel gelegt und sich wie eine Schmetterlingsraupe in Großmutters abgetragenen Wintermantel gewickelt. Als Kopfkissen benutzte er einen alten Pelzmuff und als Schlafmütze Großmutters weißen Filzhut.

Lächelnd lag er auf dem Rücken, sah in den Himmel hinauf und lauschte dem Lehrer, der auf seinem Klavier ein frühes Morgenkonzert gab.

»Warum liegst du hier?«, fragte ich. »War dir die Nacht mit Großvater dann doch zu viel?«

»Was soll das heißen – zu viel?«, sagte er. »Ich wollte einfach hier draußen liegen und die vielen Sterne angucken. Hier ist der Himmel ganz anders. Ganz schwarz! Da kann man tief in den Weltraum hinausschauen. Und was machen wir heute?«

Percy wollte immerzu etwas machen.

Er hatte bereits Holz gehackt und Wasser geholt.

»Von mir aus können wir aufs Meer rausrudern«, sagte ich. »Das gehört dazu, wenn man in den Schären ist. Aber vorher müssen wir frühstücken.«

»Können wir nicht im Boot frühstücken?«, fragte Percy. »Dann geht's schneller.«

»Von mir aus«, sagte ich.

Wir packten Milch und den Kalten Hund ein, den Percy mitgebracht hatte, und außerdem Großvaters Fernglas aus seiner Zeit als Seemann. Dann rannten wir hinunter zur Bucht. Percy hatte sich den Korkgurt um den Bauch gebunden, weil er seiner Mutter doch versprochen hatte, nicht zu ertrinken.

»Du weißt ja, ich bin das einzige Kind«, erklärte er. »Wo nehmen wir das Boot her?«

Wir liehen uns das Boot von Bauer Österman aus, weil das sowieso niemand mehr benutzte. Hoffentlich sieht uns keiner meiner Kumpels, dachte ich. Und ich hatte Glück. Als wir ins Boot hüpften, war weit und breit niemand in Sicht. Ich machte mir nämlich Sorgen, was passieren würde, wenn Percy meinen Freunden hier begegnete. Er war zwar der beste Freund auf der Welt, aber er konnte auch ziemlich anstrengend sein.

»Wenn wir jemanden treffen, musst du ja nicht unbedingt was sagen«, riet ich ihm.

»Warum das denn?«, fragte er.

»Weil man das hier in den Schären eben nicht macht«, erklärte ich.

Dann legten wir ab und ruderten los. Allerdings kamen wir nicht weit, weil Percy darauf bestand, selbst zu rudern. Er platschte wild mit den Rudern ins Wasser, worauf sich das Boot wie verrückt im Kreis drehte. Dabei strahlte Percys Gesicht vor Glück und Anstrengung.

»Das klappt ja prima!«, rief er begeistert. »Wann hast du eigentlich Rudern gelernt?«

»Als ich fünf war«, sagte ich. »Vergiss nicht, wie du die Ruder halten musst!«

Natürlich tauchte kurz darauf Pia auf. Sie hatte ihren rotäugigen Cockerspaniel dabei. Jetzt blieb sie stehen und blickte zu uns hinaus, während der Hund eifrig Seewasser schlabberte.

»He, was macht dein Kopf?«, schrie sie. »Und wen hast du da im Boot dabei?«

Ich tat so, als würde ich sie nicht hören.

Aber Percy stand auf und winkte mit einem der Ruder.

»MICH hat er dabei!«, rief er. »Ich heiße Percy!«

Worauf ich die Ruder übernahm und zügig davonruderte. Pia blieb am Ufer stehen und spähte hinter uns her. Sie schirmte die Augen ab wie ein Indianer. Es sah aus, als würden sie und ihr Hund uns auslachen.

»Wer ist das?«, wollte Percy wissen.

»Sie heißt Pia«, sagte ich. »Niemand Besonderes.«

»Das glaub ich nicht«, sagte Percy. »Aber egal. Jetzt futtern wir erst mal.«

Wir legten uns ins Boot und ließen es mit der Strömung treiben. Über uns glitten fröhliche weiße Wolken, und der Kalte Hund schmeckte trocken, aber großartig. Die Milch hatten wir in eine Schnapsflasche gefüllt, aus der wir jetzt abwechselnd tranken.

»Mannometer, das wird vielleicht eine Spitzensommer!«, sagte Percy.

»Kann man nur hoffen«, sagte ich.

»Ich hab vor, ALLES zu tun, was man so macht, wenn man in den Ferien ist. Also, was macht man so?«

»Dies und das.«

»Na gut, aber was hat dir am meisten Spaß gemacht, als du klein warst?«

Darüber musste ich lange nachdenken. Ich dachte an all die Dinge, die ich im Laufe der Jahre getan hatte: an das selbst gebaute Floß, das fast aufs offene Meer hinausgetrieben wäre, an die Drachen, die wir dazu brachten, hoch zur Sonne hinaufzufliegen, an das Kribbeln im Bauch, wenn man in Samuelssons Scheune ins Heu hüpfte, und daran, wie viel Spaß es gemacht hatte, die Hebamme abends, wenn es dunkel war, fürchterlich zu erschrecken.

»Ich glaube, Indianer spielen«, sagte ich schließlich. »Leute auskundschaften und so.«

»Dann machen wir das.«

»Das war doch vor Urzeiten«, wandte ich ein. »Als ich das gemacht hab, war ich noch echt klein.«

»Aber ich hab das nie machen dürfen, als ich klein war.«

Was soll man da schon sagen? Also ruderten wir zu einer Insel, wo wir zwei sehr schöne Schwungfedern fanden, eine von einer Eiderente und eine von einer Möwe.

»Jetzt bin ich Glückliche Wolke, weil ich so glücklich bin«, erklärte Percy und steckte sich die Eiderfeder hinters Ohr. »Und wer bist du?«

»Großer Arsch«, sagte ich, damit er hörte, wie bescheuert das klang.

Aber die Möwenfeder steckte ich mir trotzdem hinters

Ohr. Das fühlte sich gar nicht schlecht an. Ich musste daran denken, wie es war, als wir Indianer waren. Zum Beispiel daran, wie wir Großvaters Rosshaarmatratze angezündet und mit einer alten Wolldecke Rauchsignale verschickt hatten, bis die Freiwillige Feuerwehr auftauchte. Oder daran, wie wir mit dem Lasso hinter Ericssons Kühen herjagten und so heldenhaft gekämpft hatten, dass das Ketchup in Strömen floss.

Das waren Zeiten! Zwei Jahre war es her.

»Komm, jetzt spielen wir Kundschafter!«, sagte Percy. »Was wollen wir auskundschaften?«

Ich hatte eine Idee.

Ich ruderte so leise wie möglich in die Bucht.

»Absolute Ruhe jetzt!«, flüsterte ich Percy zu, als das Boot mit leichtem Rauschen in ein Schilfdickicht am Ufer glitt.

»Was gibt's denn hier zu sehen?«

»Das da!«

Ich reichte ihm Großvaters Fernglas und deutete auf ein braun gebeiztes Haus, das ungefähr fünfundzwanzig Meter entfernt lag. Dort wohnten zwei Nudisten, die liefen ohne Kleider herum. Der Mann saß in einem Korbstuhl und las ein Buch, während die Frau frisch gewaschene Leintücher aufhängte. Sie hatte zwar ein Tuch um den Kopf gebunden, war aber ansonsten nackt. Im Moment wandte sie uns ihren runden Hintern zu.

Percy hielt das Fernglas an die Augen und stieß einen Pfiff aus.

Das Fernglas war so scharf, dass man das kleinste Härchen erkennen konnte.

»Mann, ist das ein Fernglas!«, sagte er beeindruckt.

»Hast du nicht bald fertig gekundschaftet?«, fragte ich nach geraumer Zeit.

»Noch nicht ganz«, erklärte er. »Sie muss sich erst noch umdrehen.«

Ich selbst fand es nicht mehr besonders spannend, dazu hatte ich die beiden zu oft gesehen. Sie waren mager und ältlich und sahen ganz normal aus. Aber für Percy war es das erste Mal. Jetzt drehte die Frau sich um, so dass man ihre Titten sehen konnte. Sie erinnerten an die Titten von Eva in Großmutters Bibel.

»Diese Bleichgesichter sind ja echt superbleich. Am ganzen Körper«, flüsterte er.

»Ja«, sagte ich. »Aber jetzt verdrücken wir uns lieber.«

Er drehte sich zu mir um.

»Wie lange hast du früher immer geguckt?«

»Ungefähr so lange wie du jetzt gerade«, sagte ich.

»Dann reicht's jetzt«, sagte er.

Er steckte das Fernglas in das Futteral zurück und ich begann, rückwärts zu rudern. Aber bevor wir verschwanden, wollte Percy den Bleichgesichtern noch einen Gruß zurufen.

Und das tat er auch.

»Vielen Dank für die Vorstellung«, rief er. »WAR NICHT BESONDERS SEHENSWERT!«

Auf dem Rückweg hatte ich mich so sehr in die Riemen gelegt, dass mein Hals ganz ausgetrocknet war.

Deshalb waren wir jetzt unterwegs, um Cola und Sahnebonbons zu besorgen. Und wen trafen wir da direkt vor Ericssons Laden? Natürlich Klas!

»Ich wollte gerade zu dir, Ulf«, sagte er. »Wo hast du denn gestern den ganzen Tag gesteckt? Hab auf dich gewartet. Warst du krank oder was?«

»Nein, wir haben Erdbeertorte gefuttert, weil Ulf gestern Geburtstag hatte«, sagte Percy. »Und dann haben wir einen Stuhl repariert und ein Buch über Buffalo Bill gelesen.«

»Entschuldige mal, aber wer bist du denn?«, fragte Klas und sah erst mich und dann Percy an.

»Ich bin Percy«, erklärte Percy. »Ulfs bester Freund. Wir sind Blutsbrüder. Und wer bist du?«

Statt einer Antwort hielt Klas sich das eine Nasenloch zu und schoss aus dem anderen eine Rotzrakete ab. Das war seine Spezialität.

»Er heißt Klas«, erklärte ich rasch. »Und ist mein bester Freund hier in den Schären. Ein echt guter Kumpel. Raucht Chesterfield. Und sammelt Käfer.«

Da wischte Percy sich die rechte Hand am Hosenbein ab und hielt sie Klas hin.

»Ulfs Freunde sind meine Freunde«, sagte er. »Wie viele Käfer hast du schon?«

Es war wie ein Wunder. Sie schüttelten sich die Hände. Allerdings sahen sie einander dabei nicht in die Augen, sondern schauten beide mich an.

»Vierunddreißig«, seufzte Klas.

»Er muss fünfunddreißig zusammenkriegen, erst dann hat er frei und darf Sommerferien machen wie wir andern«, sagte ich. »Das hat sein Vater so bestimmt.«

»Der kann ja nicht ganz dicht sein«, sagte Percy.

Da biss Klas sich auf die Lippe und trat nach einem Stein.

»Obwohl, eigentlich spinnen ja alle Väter«, fuhr Percy fort. »Meiner, der ist auch ziemlich komisch. Komm mit, wir gehen Bonbons kaufen.«

Wir gingen in den Laden, kauften eine Tüte Sahnebonbons und zwei Flaschen Limo und sogen den interessanten Geruch nach Teer, Hering, Petroleum und Insektenmittel ein. Klas schenkte mir ein Phantom-Heft, weil ich Geburtstag gehabt hatte, und sagte, dass er diesen verdammten letzten Käfer garantiert nie finden würde. Er habe schon überall gesucht.

»Und wo wir doch morgen Dose spielen wollten und alles«, sagte er.

»Mach dir keine Sorgen. Ich werd das schon deichseln«, sagte Percy und bot ihm ein Bonbon an.

»Und wie, wenn ich fragen darf?«, sagte Klas.

»Hast du keine Fantasie? Jetzt zischen wir zu dir und gucken uns diese Viecher erst mal an.«

Klas wohnte ganz in der Nähe, nur ein Stück weit die Straße hinauf. Aber neben dem Dorfbriefkasten standen Kicki, Pia und Gunbritt und kicherten, während sie einander die Ansichtskarten anderer Leute laut vorlasen. Als wir vorbeigingen, schauten sie auf. Pia hatte ein rotes T-Shirt an. Keine Ahnung, was die andern anhatten.

»Warum habt ihr Federn auf dem Kopf?«, fragte Pia und grinste.

»Haben wir doch gar nicht«, sagte ich und fasste mir an den Kopf. Doch, verdammter Mist noch mal!

Ich zog mir die Feder sofort aus den Haaren. Percy dagegen ließ seine stecken.

»Wir sind Indianer«, teilte Percy mit. »Ich bin Glückliche Wolke und er ist Großer Arsch. Vorhin haben wir zwei Nackte ausgekundschaftet.«

Ich bekam rote Ohren wie eine Rothaut.

Und die Mädchen kicherten noch heftiger.

»Ich hab doch gesagt, dass du den Mund halten sollst«, sagte ich, als wir ein Stück weitergegangen waren.

Wir saßen in Klas' Zimmer am Tisch. Er hatte alle Kärtchen ausgebreitet, auf die er seine Käfer geklebt hatte. In die Ecken hatte er mit ordentlichen kleinen Buchstaben sowohl die schwedischen als auch die lateinischen Namen geschrieben. Percy bewunderte jedes einzelne Beinchen und jedes Facettenauge durch Klas' Lupe.

»Die sehen ja echt toll aus«, sagte er.

»Findest du?«, sagte Klas.

»Ja, beinah alle. Aber am schönsten ist doch der Rosenkäfer.«

»Der Nashornkäfer ist auch stark«, sagte ich.

»Logo«, sagte Percy. »Mit denen könnte man Krieg spielen.«

Da runzelte Klas unruhig die Stirn.

»Aber das lassen wir lieber«, sagte er. »Na, und wie willst du den letzten Käfer deichseln, du mit deiner unglaublichen Fantasie?«

Percy klopfte sich an die Stirn und tat so, als würde er nachdenken.

»Hast du möglicherweise ein paar Extrakäfer übrig?«, fragte er dann.

»Ja, ein paar schon«, sagte Klas. »Wenn genügend da waren, hab ich mehrere genommen, um das schönste Exemplar aussuchen zu können. Aber das hilft nichts. Es muss ein neuer sein. Mein Alter erkennt jedes einzelne Krabbelviech.«

»Das glaub ich nicht«, sagte Percy.

Dann bat er Klas, seine Reservekäfer zu holen und eine Nadel, ein Messer, eine Kneifzange und eine Tube Klebstoff mitzubringen.

»Was hast du vor?«, fragte Klas.

»Wart's ab.«

Percy war schon immer gut in Handarbeit gewesen. In

der ersten Klasse hatte er den schönsten Kissenbezug genäht und mit Kreuzstichen bestickt. Jetzt pfiff er munter vor sich hin, während er einem übrig gebliebenen Bockkäfer Kopf und Halsschild abschnitt. Danach schnitt er einem Aaskäfer den Hinterleib ab. Er knipste den Kopf der Stecknadel ab und fügte dann mit der Nadel als Zapfen die beiden Teile zusammen. Sicherheitshalber klemmte er auch noch einen Klacks Karlssons Kleber dazwischen.

»Im Falle eines Falles klebt Karlssons Kleber alles«, sagte ich.

»Genau«, sagte Percy und musterte das Resultat. »Das hier sieht ganz gut aus. Jetzt muss es nur noch trocknen.

Hier hast du deinen letzten Käfer. Ich habe ja gesagt, dass ich das deichsle.«

»Und was für eine Sorte ist das?«, fragte ich, in der Hoffnung, dass er etwas Witziges antwortete.

»Ein Sommerferienretterbock«, sagte Percy. »Der wird deinem Vater ganz schönes Kopfzerbrechen bereiten.«

Klas wendete das Meisterwerk mit leuchtenden Augen hin und her. Er wusste nicht, wie er Percy danken sollte. Jedenfalls klopfte er ihm mehrmals auf die Schulter und bot ihm die letzten beiden Chesterfields seines Vaters an.

»Bist ein echtes Genie«, sagte er. »Und morgen spielen wir Dose!«

»Was denn für eine Dose?«, fragte Percy.

»Das wirst du morgen sehen«, sagte ich. »Jetzt müssen wir heim zum Essen.«

»Hugh!«, sagte Glückliche Wolke.

Wir sehen das zornigste Pferd von ganz Schweden und tausend Millionen Sterne

»Ein netter Kerl, dieser Klas«, fand Percy.

»Ja, schon«, sagte ich.

Aber mir gefiel es nicht, wie schnell Percy sich mit Klas angefreundet hatte. Erst hatte ich mir Sorgen gemacht, dass sie einander vielleicht nicht würden ausstehen können, wenn sie sich kennen lernten. Und jetzt, nachdem sie Freunde geworden waren, konnte ich mich nicht so recht darüber freuen. Ich verstand nicht, warum das so war.

War ich etwa zu früh in die Pubertät geraten?

Wir saßen auf dem Felsen hinterm Haus und ließen uns zwei gekochte Ingweräpfel schmecken, die es als Nachtisch gegeben hatte. Ich versuchte meine wirren Gefühle nicht zu zeigen. Wir beobachteten die Schiffe, die draußen auf dem Wasser vorbeizogen, rieten, aus welchen Ländern sie kamen, und klatschten ein paar nachmittägliche Mücken tot.

»Was für ein Tag!«, sagte Percy. »Hat echt Spaß gemacht, Indianer zu spielen. Und was hast du sonst alles gemacht, als du klein warst, Ulf?«

Da sagte ich, ich hätte so einiges gemacht, wolle es ihm aber nicht erzählen, weil er dann ja gleich in der Gegend herumrennen und es allen erzählen würde.

»Warum sollte ich das tun?«, fragte er.

»Weil du vielleicht nicht weißt, was du tust«, sagte ich.

»Willst du Prügel?«, sagte er und boxte mir gegen die Schulter. Das war schon besser. Also erzählte ich, dass ich, Klas und die anderen im Lauf der Jahre ziemlich viele Hütten gebaut hatten, manchmal in die Bäume und manchmal auf den Erdboden.

»Und wir beide bauen eine mit Meerblick«, sagte Percy. »Hier auf den Felsen. Komm, wir fangen gleich an! Dann können wir heute Nacht darin schlafen.«

Vor nicht allzu langer Zeit hatte Großvater den Steg ausgebessert und dabei viele alte Bretter ausrangiert. Daher stand uns reichlich Holz zur Verfügung. Und in der Werkstatt gab es Werkzeug und Nägel und was wir sonst noch brauchten.

Das alles wollten wir gerade wegschleppen, als Großvater auftauchte.

»Und wohin seid ihr mit meiner Werkstatt unterwegs, ihr zwei Rotznasen?«, schrie er uns an.

Aber seine Stimme klang nicht unfreundlich.

»Percy will, dass wir eine Hütte bauen, in der wir übernachten können«, erklärte ich.

»Aha, du findest also, dass ich nachts zu viel furze?«

»Nein, nicht unbedingt«, antwortete Percy höflich.

»Was wahr ist, muss man sagen«, sagte Großvater. »Das sind diese verflixten Gase im Magen. Erika hat es auch nicht ausgehalten … Wenn es tatsächlich nur das war.«

Er spuckte aus und schwang sich einen Sack Zement auf die Schultern. Dann zeigte er auf einen Eimer, eine Maurerkelle, ein paar Bretter und manches andere mehr und forderte uns auf, das alles in einen Bierkasten zu legen.

»Los, tragt das«, sagte er. »Ist das wenigste, was ihr für Kost und Logis tun könnt.«

»Wohin denn?«, fragte ich.

»Nur zu Bauer Österman«, erklärte Großvater. »Ich muss ihm den Stall zusammenflicken, weil sein Pferd schon wieder ein Loch in die Südwand getreten hat. Wenn ihr mir helft, helfe ich euch nachher mit eurer Hütte.«

»Ist gebongt«, sagte Percy.

Er gab Großvater sogar die Hand darauf. Schließlich hatte er ja vor, Geschäftsmann zu werden.

Wir halfen, so gut es ging. Wir reichten Großvater die Werkzeuge, die er brauchte. Und weil Percy so geschickt war, durfte er sogar ein paar Bretter festnageln, um die Wand zu verstärken. Ich selbst rührte Mörtel an, den Großvater dann in das rissige Fundament schmierte. Während wir arbeiteten, hörten wir das Pferd drinnen im Stall stampfen und schnauben. Ab und zu wieherte es laut und wild und trat gegen die Wand, dass die Bretter sich bogen.

»Der ist ganz schön hart im Nehmen«, sagte Percy beeindruckt. »Hört er nie auf?«

»Nein, nie«, antwortete ich. »Blacky ist der wildeste

Hengst in ganz Schweden. Er kickt den Stall mindestens zweimal im Jahr zusammen. Kalle, sein Besitzer, ist der Einzige, der es wagt, in seine Box zu gehen und ihn zu füttern. Und man kann ihn nie auf die Weide lassen.«

»Den muss ich sehen«, sagte Percy.

Der Stall war voller Ritzen. Als wir durch den Türspalt spähten, musste Percy tief Luft holen. Dicht vor ihm stand Blacky – riesig, schmutzig und bedrohlich! Es sah fast so aus, als würde er selbst die Lichtbündel ausstrahlen, die durch die Holzritzen hereinfielen. Plötzlich drehte er sich zu uns um. Das Weiße seiner Augen glänzte auf. Die Ohren hatte er nach hinten gelegt und er zeigte seine langen, gelben Zähne. Als sein Fell zuckte, stieg eine Wolke aus Schmutz auf.

»Schon gut, schon gut, hab keine Angst«, murmelte Percy. »Ich bin's doch bloß, der Percy.«

Da wieherte Blacky und trat eins der neuen Bretter hinaus.

»Was zum Teufel treibt ihr denn da!«, rief Großvater. »Seid ihr etwa lebensmüde?«

»Nö«, antwortete ich.

»Ich hab bloß Blacky begrüßt«, erklärte Percy.

»Lass das lieber«, sagte Großvater. »Sonst werden wir nie fertig.«

Er ersetzte das herausgetretene Brett durch ein kräftigeres Stück Holz. Dann war es an der Zeit, unsere Sachen zusammenzuräumen.

»Warum ist Blacky immer so wütend?«, wollte Percy wissen.

»Wer weiß schon, was in so einem Pferdeschädel vorgeht? Oder auch in einem Menschenschädel, was das betrifft«, sagte Großvater. »Vielleicht hat jemand dem armen Pferdeteufel das Herz gebrochen. Vielleicht hat er etwas geglaubt und gehofft, und dann ist alles anders geworden.«

»Ja«, sagte Percy.

»Ich glaube, er ist so auf die Welt gekommen«, sagte ich.

»Über Dinge, von denen man nichts weiß, sollte man sich lieber nicht äußern«, sagte Großvater. »Man könnte Blacky natürlich kastrieren. Aber das will Kalle nicht. Stell dir vor, wenn man das mit allen machen würde, die so zornig sind, sagt er immer. Da wärst du schlecht dran, Gottfrid.«

Er gluckste vor sich hin. Dann begutachtete er seine Arbeit ein letztes Mal, wischte sich mit einem Taschentuch den kahlen Kopf und setzte den Hut auf.

»Gut ist es zwar nicht, aber es muss reichen«, sagte er. »Jetzt gehen wir nach Hause und nehmen die Hütte in Angriff, Jungs!«

Wir hörten Blacky mit den Hufen an die geflickte Wand schlagen.

In der Stille klang das wie ein klopfendes Herz.

Klopf! Klopf! Klopf!

Als die Dämmerung hereinbrach, hatten wir das Gerüst der Hütte errichtet. Sie stand auf der schönsten Stelle weit und breit, in einer Felsnische mit Aussicht auf den

Abendhimmel, der mit seinen allerschönsten Farben prunkte und sich im Wasser der Bucht spiegelte. Eine leichte Brise blies in die Persenning, die wir an Stelle des nicht vorhandenen Daches aufgespannt hatten.

Percy hatte zwei Rosshaarmatratzen heraufgeschleppt.

Und ich hatte Kissen, Decken, eine Taschenlampe und einen Stapel von *Das Beste* mitgebracht.

»Wollt ihr tatsächlich heute Nacht hier draußen schlafen?«, fragte Großvater. »Die Hütte ist ja nicht mal halb fertig, nur vier Pfosten, ein paar Bretter und eine gähnende Dachöffnung.«

»Heute Nacht wird's warm«, versicherte Percy. »Und wir haben ja Decken.«

»Aber was wird dann aus Buffalo Bill?«, fragte Großvater.

»Heute Abend musst du eben ohne Vorlesen auskommen«, sagte ich.

»Vielleicht möchten Sie stattdessen ein Gedicht hören?«, fragte Percy.

»Was denn für ein Gedicht?«, sagte Großvater. »*In der Dämmerung Stille …?*«

»Nein, das hier«, sagte Percy:

»*Buffalo Bill schiss mit 'nem Knall,*
und die Bauern schrien: Ein Bombenanfall!«

Darüber mussten die Möwen lachen. Und Großvater auch. Ein ungewohntes Lachen. Es klang wie ein Auto, das zu lange in der Kälte gestanden hat und nicht recht starten will.

»Höhöhöhöhö! Du bist wirklich nicht auf den Kopf gefallen, Percy, du Satansbraten!«, sagte er.

»Nö, ich weiß«, sagte Percy.

»Na, dann gut Nacht«, sagte Großvater und lüftete den Hut.

»Gut Nacht«, sagten wir.

Er ging davon, in den Sonnenuntergang hinein, und erinnerte von hinten an einen Cowboy.

Die Nacht ist, genau wie Percy gesagt hatte, hier draußen schwärzer. Die Sterne leuchten heller. Und der Mond ist irgendwie näher an der Erde.

Da ist es gut, wenn man zu zweit nebeneinander liegen und sich unterhalten kann, während man nach fliegenden Untertassen im Weltraum Ausschau hält. Wir sahen zwar keine, aber wir unterhielten uns. Darüber, wie wir unsere zugige Hütte weiterbauen würden, bis sie in unserer Vorstellung zu einem Wolkenkratzer heranwuchs. Und darüber, welche Rennboote wir uns kaufen würden, wenn wir erst mal groß wären. Und wir überlegten, was für ein Gesicht Klas' Vater machen würde, wenn Klas ihm den Käfer zeigte, den Percy gebastelt hatte.

»Ein Gesicht, so lang wie ein Flurteppich«, sagte ich.

Gute Gleichnisse waren schon immer meine Stärke.

Dann ließ Percy sich lange darüber aus, wie schön es hier sei und wie toll er meinen Großvater finde.

»Der ist überhaupt nicht so, wie du gesagt hast. Er ist unheimlich lieb.«

»Ja, ich weiß auch nicht, was passiert ist«, sagte ich. »Vielleicht ist er senil geworden.«

»Was soll das denn sein?«

»Wenn man Kalk im Gehirn hat«, sagte ich. »So was gibt's.«

»Der doch nicht«, sagte Percy. »Der hat lauter Uran in der Birne.«

Darüber lachten wir. Und dabei musste ich natürlich an Pias Lachen denken. Das tat ich jedes Mal, wenn ich selbst oder jemand anders lachte. Und dann wurde ich sofort wieder ernst. Es war hoffnungslos.

»Was ist denn?«, fragte Percy.

»Du sollst nicht so viel reden«, sagte ich.

»Ich rede doch nicht mehr als sonst«, wandte er ein.

»Nein, aber das reicht schon«, sagte ich. »Unten im Dorf, da quasselst du wie blöd. Tu das nicht noch mal. Jedenfalls nicht, wenn die Mädchen dabei sind.«

Da sah Percy mich an. Er sah direkt in meine verworrenen Gefühle hinein.

»Diese eine beim Briefkasten, die mit dem roten T-Shirt, in die bist du verknallt, was?«, sagte er.

»Wie kommst du denn auf die Idee!«, sagte ich.

»Weiß nicht! Aber gib's zu!«

Dann bog er meine Finger nach hinten, bis es beängstigend in ihnen zu knacken begann und mir Tränen in die Augen traten.

»Ja, ja, dann bin ich's eben«, ächzte ich.

»Hab ich doch gewusst«, sagte er und ließ mich los.

»Ein Geständnis unter Folter gilt nicht«, sagte ich und

pustete auf meine Finger. »Das steht in der Genfer Konvention … Übrigens ist es vor allem ihr Lachen.«

»Früher war ich mal in ein Mädchen verliebt, das hat geschielt«, sagte Percy. »Sie wohnte im selben Haus wie ich, als wir noch in Örebro lebten. Nach einer Weile fing ich auch an zu schielen, aus lauter Liebe sozusagen, bis mir der Schädel wehtat und Mama mit mir zum Arzt ging. Aber ich konnte mich noch so sehr ins Zeug legen, dem Mädchen war ich schnurzegal. Und schließlich ging es vorbei. Garantiert geht es auch bei dir vorbei.«

»Kann sein«, sagte ich. »Aber das glaub ich nicht. Jetzt musst du trotzdem die Klappe halten, weil ich noch ein paar Witze auswendig lernen will.«

Ich holte ein *Das Beste* aus dem Stapel, knipste die Taschenlampe an und schlug die Seite »Humor in Uniform« auf. Ich las und gluckste ab und zu vor mich hin, ähnlich wie Papa, wenn er in seinem Kreuzworträtsel ein Wort gefunden hatte.

»Lies lieber laut, damit ich es auch hören kann«, sagte Percy.

Ich las einen Witz über einen Feldwebel vor.

»War der komisch?«, fragte ich, als er zu Ende war.

»Nicht besonders«, sagte Percy. »Nimm einen anderen.«

Da las ich einen über einen Hauptmann vor. Und dann einen über einen Generalmajor. Ich las und las, bis Percy einschlief. Dann knipste ich die Taschenlampe aus. Über meinem Kopf funkelten tausend Millionen Sterne. Ich sah sie an und dachte, vielleicht darf ich morgen Pias heiseres Lachen hören.

Ich hatte ja keine Ahnung.

Liebe, Nesseln und Essigsäure

Wir waren »Dosen«-Experten. Jeden Sommer, wenn Klas die nützliche Aufgabe erledigt hatte, die sein Vater ihm aufgetragen hatte, spielten wir dieses Spiel. Wir trafen uns auf dem verlassenen Grundstück neben dem Bauern Ödling. Das war der ideale Ort, voller guter Verstecke und mit einer Schilfbucht, in die man den Ball schießen konnte – den wir inzwischen statt der Dose benutzten –, wenn man einen Volltreffer landete.

Blutegel gab es dort auch.

Ich hatte die Zähne geputzt, mir die Haare gewaschen und meinen gelben Nickypullover und blaue Shorts angezogen. Ich sah mindestens so gut aus wie die schwedische Fahne. Bevor wir uns auf den Weg machten, bat ich Percy, sich ruhig zu verhalten.

»Versuch am besten, unsichtbar zu bleiben«, sagte ich.

»Werd mein Bestes tun«, sagte er.

Aber als wir ankamen, war Percy der Mittelpunkt der allgemeinen Aufmerksamkeit. Ulf E., Pia, Marianne, Birgitta, Klas, Bengt, Kicki, Bo-Sture, Leif und seine kleine Schwester starrten ihn an, als wäre er das Phantom, der Heilige Geist und Einstein in ein und derselben Person.

Klas hatte ihnen nämlich soeben erzählt, was Percy getan hatte.

»Wie um alles in der Welt bist du auf so eine Idee gekommen?«, fragte Pia mit funkelnden Augen.

»Auf was für eine Idee?«, fragte Percy.

»Auf die Idee, einen eigenen Käfer zusammenzubasteln«, sagte Birgitta.

»Jedenfalls war das total genial«, sagte Bengt.

»Och, das war doch nichts«, wehrte Percy ab. »Übrigens, dein Alter, was hat der denn gesagt, Klas?«

»Gesagt?«, antwortete Klas. »Ihm hat's fast die Sprache verschlagen. Er ist losgestürzt und hat einen Stapel Bücher angeschleppt, in denen er immer wieder nachschlug. ›Hier steht auch nichts‹, sagte er. Dann rannte er davon und rief ein paar Spezialisten an. Heute Morgen hat er das Schiff in die Stadt genommen, um ihnen den Käfer zu zeigen. Bevor er abfuhr, hat er mir fünfundzwanzig Piepen zugesteckt. Hier! Die sind für dich. Das ist nicht mehr als recht und billig!«

Klas zog die Scheine aus der Tasche und reichte sie Percy.

»Die kannst du ruhig behalten«, sagte Percy. »Ich hab's sowieso nicht für Geld getan.«

Da starrten sie ihn an, als wäre er außerdem noch Jesus Christus persönlich. Sie stellten sich der Reihe nach vor und hätten ihm um ein Haar dabei fast die Hand gegeben.

Ich konnte mir das Spektakel nicht mehr ansehen.

»Nett, dich wiederzusehen«, sagte Pia und klimperte mit den Wimpern.

»He, Leute, fangen wir endlich an!«, rief ich.

Es ging los. Leif musste zählen. Das musste er immer, weil er der Einzige war, der nicht wusste, wie man sich davor drücken konnte. Jetzt stand er wieder mit geschlossenen Augen da, mit seiner kleinen Schwester auf dem Arm und dem Fuß auf Ulf E.s Fußball, und zählte bis hundert, während wir anderen davonflitzten und uns versteckten.

Wo Percy abblieb, sah ich nicht, weil ich Pia keine Sekunde aus den Augen ließ. Und als Leif »Hundert!« schrie, schlüpfte ich hinter denselben Stein wie sie.

»Na so was, bist du auch hier?«, sagte ich. »Tolles Versteck!«

»Halt den Mund«, sagte sie.

Leif entdeckte Birgitta, die wie immer unentschlossen war und im letzten Moment ihr Versteck wechselte, und Ulf E., der niesen musste, weil ihm eine Mücke in die Nase geflogen war.

»Ulf E. und Birgitta in der Dose!«, schrie Leif.

Aber kurz darauf kam der Heilige Geist hervorgestürmt und kickte den Ball davon, dass er nur so den Hang hinunterhüpfte. Dadurch wurden die Gefangenen befreit und Leif musste von vorne anfangen. Das ging immer so weiter. Leif musste ja seine kleine Schwester mit sich herumschleppen und schaffte es fast nie, den Ball rechtzeitig zu erreichen.

Jedes Mal suchte ich dasselbe Versteck auf wie Pia.

»Warum kommst du immer in mein Versteck!«, zischte sie.

»Ich konnte doch nicht wissen, dass du auch hier bist«, sagte ich.

»Mach's jedenfalls nicht noch einmal!«

Aber beim nächsten Mal musste ich es trotzdem tun. Ich konnte es einfach nicht lassen. Ich wurde von der Schwerkraft, vom Erdmagnetismus und von allen Kräften, die es sonst noch gab, dorthin gezogen.

Als sie hinter einem hölzernen Plumpsklo verschwand, warf ich mich bäuchlings in den dahinter liegenden Graben.

Leider landete ich mitten in einem Nesselgestrüpp. Die Brennnesseln waren so hoch, dass sie mir bis an die Ellenbogen reichten, als ich mich aufrichtete.

Ich schrie so leise wie möglich.

Meine Oberschenkel und der linke Arm brannten wie Feuer.

»Was treibst du denn da?«, fragte sie.

»Mannometer, hab mich ganz ordentlich verbrannt«, sagte ich.

»Hab dir doch gesagt, dass du nicht hinter mir herrennen sollst!«

Als sie über mein verzerrtes Gesicht lächeln musste, sah das wie der Ansatz zu einem Lachen aus. Und da beschloss ich, die Gelegenheit beim Schopf zu packen.

»Willst du einen Witz hören?«, fragte ich.

»Nein danke«, sagte sie.

»Warum nicht?«

»Weil deine Witze nicht komisch sind.«

»Aber der hier ist komisch!«, versicherte ich.

Und damit begann ich einen Witz über einen Feldwebel. Aber Pia stöhnte und gähnte nur, als würde sie gleich einschlafen. Da fiel es nicht leicht, komisch zu sein. Nicht einmal Charlie Chaplin hätte das geschafft.

»Ich weiß einen andern!«, sagte ich.

»Kapierst du denn gar nichts?«, fragte sie.

»Nein«, antwortete ich.

Dann kitzelte ich sie stattdessen unter den Armen. Das war bescheuert. Aber ich konnte mich nicht bremsen. Ich hatte mich so sehr danach gesehnt, ihr heiseres Lachen zu hören, dass ich unmöglich nach Hause gehen konnte, ohne es gehört zu haben.

Aber als sie lachte, klang es nicht so, als wäre sie froh.

Und außerdem wurden wir natürlich sofort entdeckt.

»Pia und Ulf in der Dose!«, rief Leif.

»Das ist ganz und gar deine Schuld!«, brüllte Pia und riss sich aus meinen Armen. »Alle herkommen!«

Und alle kamen hergerannt. Percy mit Stroh im Haar, einem Riss im Pulli und fröhlichen Augen. Aber Pia war so zornig, dass das ganze Spiel abgebrochen werden musste. Sie zeigte mit dem ausgestreckten Zeigefinger auf mich und stampfte so heftig mit dem Fuß auf, dass es fast ein Erdbeben gab.

»Wenn der da mitmacht, spiele ich nie, nie mehr mit«, schrie sie. »Der ist ja total wahnsinnig!«

»Er ist bloß verknallt«, sagte Percy.

»Du hältst jetzt die Klappe«, sagte ich. »Hab bloß einen Witz erzählt. Aber sie wollte nicht mal zuhören.«

»Die sind ja so öde, dass man einschläft«, sagte Pia.

»Das sind sie überhaupt nicht«, sagte Percy. »Ist der hier etwa öde?«

Und dann ließ er einen der Witze vom Stapel, die ich ihm gestern Abend vorgelesen hatte. Es war einer der schwächsten, einer von einem Obergefreiten, der eine Handgranate werfen sollte. Und trotzdem lachte Pia ihr heiseres Lachen und der Nesselausschlag flammte wie mit tausend glühenden Nadeln auf meinen Schenkeln auf. Da klopfte Percy mir auf die Schulter.

»Jetzt ist's günstig!«, flüsterte er. »Nimm den mit dem Oberst!«

Also tat ich das.

»Es war einmal ein Oberst, der stellte sich vor seine Truppe hin«, fing ich an.

Aber als der Witz zu Ende war, hatte Pia kein bisschen gelacht. Klas hatte gelacht. Bengt und Birgitta hatten auch gelacht. Aber Pia guckte die ganze Zeit bloß Percy an, lächelte und zuckte die Schultern.

»Sind doch superdämlich, diese Witze, oder?«, sagte sie. »Ich kapier nicht, dass es so einen Unterschied macht, wer sie erzählt. Kommt ihr morgen zum Baden runter zum Hafen?«

Sie sagte zwar »ihr«, aber als sie das sagte, sah sie Percy an.

»Ich glaube schon«, sagte Percy.

»Ich glaube nicht«, sagte ich. »Komm, wir gehen jetzt!«

»Denk einfach nicht mehr an sie«, sagte Percy, als wir wieder zu Hause waren. »Die hat ja keinen Humor. Jedenfalls keinen in Uniform.«

Wir saßen auf der Hollywoodschaukel und schaukelten hin und her, um uns zu beruhigen. Großvater reparierte eine Dachrinne. Mein Bruder hielt die Leiter fest.

»Den müsste sie aber haben«, sagte ich. »Ihr Vater ist nämlich Flugkapitän. Warum musstest du dich auch so vor ihr aufspielen? Ich hatte es dir doch extra gesagt.«

»Das hab ich doch gar nicht«, sagte Percy.

»Hast du doch!«

»Mensch, ich find sie ja nicht einmal hübsch! Weißt du, woran sie mich erinnert? An einen Pekinesen! Wau, wau!«

Er bellte und wackelte mit den Ohren.

Da boxte ich ihm in den Bauch.

»So was darfst du nicht über sie sagen!«

»Sag mal, spinnst du?«

Ich wollte ihm schon den nächsten Schlag verpassen, da packte er mich am Arm, direkt an dem schmerzenden Nesselausschlag. Ich jaulte so laut auf, dass Großvater auf der Leiter ins Schwanken kam.

»Was ist denn da unten los!«, brüllte er.

Er kletterte von der Leiter und spuckte Nägel.

»Er hat sich an Brennnesseln verbrannt«, erklärte Percy.

»Und deshalb heulst du so!« Großvater schnaubte. »Hab mir einmal den halben Arsch an einem Dampfkessel verbrannt. Konnte einen Monat lang nicht sitzen. Aber deshalb hab ich mich noch lange nicht so angestellt.«

Er hob mich auf und trug mich über der Schulter zu dem reparierten Löwenstuhl hinein. Dann holte er Watte und eine Kaffeetasse voll Essigessenz.

»Brennt das?«, fragte ich.

»Das brennt, aber es hilft«, versicherte Großvater und rieb den flammenden Ausschlag mit Essigessenz ein.

Es brannte so sehr, dass ich eine Gänsehaut bekam und mir fast die Tränen kamen. Aber ich gab keinen Laut von mir, sondern biss mir lieber in die Wange.

»Wie hast du das nur angestellt, dich so schlimm verbrennen zu lassen?«, erkundigte sich Großvater.

»Sind Sie nie verliebt gewesen, Herr Großvater?«, fragte Percy, der daneben stand.

»Was sagst du da, Junge?«

Er durchbohrte Percy mit seinen scharfen blauen Augen.

»Sind Sie noch nie richtig verliebt gewesen, Herr Großvater?«, wiederholte der.

Da warf Großvater einen Blick zu Großmutter hinüber, die auf ihrem Stuhl saß, rauchte und zum Fenster hinausschaute. Wie immer sah sie in ihrer grauen Strickjacke und mit ihren Goldohrringen sehr schön aus.

»Das bin ich immer noch«, antwortete er leise.

Als er danach an Großmutter vorbeiging, um den Essig auszuleeren, beugte er sich über sie und versuchte ihr mit seiner schwieligen alten Hand die Wange zu streicheln. Da wandte sie sich so heftig ab, dass die Ohrringe schaukelten.

»Hör mit dem Getue auf«, sagte sie.

Großvater ging wortlos hinaus. Percy und ich folgten ihm, denn inzwischen hatte das höllische Brennen aufgehört.

Großvater stand vor dem größten Felsbrocken, der sich wie ein Grabstein aus dem Erdbeerbeet erhob, rußschwarz und rund. Es war, als hätte dieser Stein allen Kummer, allen Zorn und alle Enttäuschung in sich aufgesogen und wäre dadurch Jahr für Jahr schwerer und schwärzer geworden. Großvater lehnte seine Stirn an die raue Oberfläche und fluchte leise vor sich hin.

»Ich hasse diesen verteufelten Stein!«, knurrte er. »Warum, warum ist der nur hier gelandet?«

»Wahrscheinlich, weil der liebe Gott ihn dorthin geworfen hat«, sagte ich.

Da sah Großvater mich mit blutunterlaufenen Augen an. Zuerst schien er mich gar nicht richtig zu erkennen. Dann streckte er die Hand aus, als wollte er mir übers Haar fahren. Doch er zog sie wieder zurück und wischte sich stattdessen die Stirn.

»Mag sein, Ulf«, sagte er. »Aber ein Stein der Verdammnis ist er trotzdem.«

»Soll ich Ihnen ein bisschen aus Buffalo Bill vorlesen, Herr Großvater?«, fragte Percy.

»Nein, nein, geht um Himmels willen schon mal rein. Ich will nur ein Weilchen für mich alleine sein.«

Wir ließen ihn beim Stein stehen und gingen ins Haus.

»Warum hast du gesagt, dass der Stein von Gott kommt?«, fragte Percy.

»Komm, ich zeig's dir in der Bibel«, sagte ich.

Wir vertiefen uns in die Bibel und Percy übt Trockenschwimmen

Wir gingen in den Achtersalon, wo meine Eltern nachts schliefen. Dort lag die große Familienbibel unter dem Kristalllüster auf dem runden Tisch mit der Spitzendecke. Die Bibel war so schwer, dass ich sie zum Armmuskeltraining benutzte. Ich wollte irgendwann so aussehen wie Kain auf Seite 7. Oder wie Samson, als er auf Seite 335 das Stadttor davontrug. Genauso harte, schwellende Muskeln wie die wollte ich haben.

Die Bibel meiner Großeltern war voller Bilder, von einem, der Doré hieß. Lauter echt gute Bilder.

Ganz am Anfang gab es zum Beispiel *Die Erschaffung der Frau*, darauf war Eva zu sehen, die aus einem Gebüsch hervortrat. Sie war ganz neu und gerade zu Adam unterwegs. Damals waren noch keine Kleider erfunden, daher war sie Nudistin. Ihre Brüste waren deutlich zu erkennen. Aber der untere Teil von ihrem Bauch wurde zufällig von einem Zweig verdeckt.

Auf Seite 1051 gab es das unheimlichste Bild, das ich je gesehen hatte: *Die verdorrten Gebeine erwachen zum Leben*. Da kletterten eine Menge Skelette aus der Erde und setzten sich ihre Totenschädel auf. Von diesem Bild hatte ich Albträume bekommen.

Das wollte ich Percy zeigen.

Aber jetzt holte ich die Bibel auf den Boden herunter und schlug erst mal Seite 287 auf.

»Hier kannst du selbst sehen, wie Gott mit Steinen wirft«, sagte ich.

Der Herr lässt Steine auf das Heer der Amoriter regnen hieß das Bild. Wir legten uns auf den Bauch und musterten es eingehend.

Wir sahen große, tödliche Steinbrocken aus dem Himmel herabregnen, direkt auf die Köpfe der Amoriter, die vergeblich auf ihren Kamelen zu entkommen versuchten.

»Warum schmeißt Gott mit Steinen nach ihnen?«, wollte Percy wissen.

»Keine Ahnung«, sagte ich. »Wahrscheinlich waren sie irgendwie frech. Und da ist er wütend geworden.«

Percy ließ den Zeigefinger über ein gestürztes Kamel gleiten.

»Das finde ich nicht in Ordnung«, sagte er. »Kann ja sein, dass er sich über diese Typen da geärgert hat. Aber was hatten die armen Kamele ihm denn getan?«

»Weiß nicht«, sagte ich. »Die sind wohl einfach so mit draufgegangen. Ich glaube, Gott ist genau wie Großvater. Er regt sich viel zu schnell auf.«

Als Großmutter ins Zimmer kam und uns so friedlich auf dem Boden liegen sah, die Köpfe über die Bibel gebeugt, faltete sie die Hände über ihrem Bauch und lächelte, als wäre sie soeben Zeugin eines Wunders geworden. Sie war nämlich ein bisschen fromm.

»Wie schön, dass ihr die Bibel studiert«, sagte sie. »Ich wusste ja gar nicht, dass ihr euch so für die Heilige Schrift interessiert.«

»Wir gucken sie bloß an«, sagte ich.

»Da will ich nicht stören«, sagte Großmutter.

Nachdem wir uns an den Steinen der Verdammnis satt gesehen hatten, entdeckte Percy noch andere Bilder, auf denen Gott wütend war, einmal ließ er zum Beispiel Regen herabschütten, bis die ganze Erde von einer Sintflut ertränkt wurde. Wir betrachteten die Tiermütter, die darum kämpften, ihre Jungen auf einen Felsen hinaufzuschieben, ohne dass Gott sich auch nur die kleinste Mühe gab, um sie zu retten.

»Besser, man lernt Schwimmen«, sagte Percy.

»Ja, für den Fall, dass er wieder wütend wird.«

»Nö, weil wir doch morgen am Hafen baden wollen.«

»Können wir das nicht bleiben lassen?«

»Nein, ich will richtige Sommerferien in den Schären erleben. Und ich hab doch mit meinem Vater gewettet, dass ich Schwimmen lerne, während ich hier bin. Mindestens zwanzig Meter. Und das werd ich verflixt noch mal auch tun. Wer hat dir das Schwimmen beigebracht?«

»Sie hieß Britta Lööw«, sagte ich. »Sie war ungefähr vierzehn. Und ich war ungefähr fünf. Meine Eltern haben ihr Geld dafür gegeben. Aber Britta wohnt jetzt nicht mehr hier.«

»Dann musst du es mir beibringen.«

Ich seufzte. Ich seufzte, weil ich an Pia dachte.

Ich wollte nicht, dass er sie so bald wiedersah.

»Wie viel krieg ich?«, sagte ich.

Percy schloss die Augen, als würde er im Kopf nachrechnen.

»Quatsch, ich hab bloß Spaß gemacht«, sagte ich. »Kriech rüber zur Couch und leg dich auf den Bauch.«

Ich sagte mir, dass er es jedenfalls nicht schaffen würde, an einem Abend Schwimmen zu lernen. Das konnte niemand. Also brauchte ich mir keine Sorgen zu machen. Zuerst zeigte ich ihm die Armbewegungen. Und dann die Beinbewegungen. Danach ließ ich ihn den ganzen Weg von der Bettcouch bis zur Kommode schwimmen, in der die Unterwäsche meiner Eltern lag.

Anschließend um den runden Tisch und hinüber zu dem Gemälde mit der blassen Frau mit den braunen Augen und dem Fächer.

»Eins, zwei, drei. Eins, zwei, drei«, zählte ich, während er über den Boden robbte.

Trockenschwimmen, das konnte er wirklich toll.

»He, das läuft ja fabelhaft«, sagte er. »Ist ja wirklich keine Kunst. Komm, wir nageln noch ein paar Bretter an unsere Hütte!«

Als er aufstand, war sein Bauch voller Staub.

»In Ordnung«, sagte ich. »Aber vorher will ich noch *Das Beste* ertränken. Diesen Quatsch werd ich nie mehr lesen!«

Wir verschnürten das gesamte Zeitungsbündel und banden einen großen Stein daran fest. Dann ruderten wir hinaus und versenkten es mitten in der Bucht.

»Das kommt davon, wenn man die Blutsbrüder reinlegt«, sagte ich.

Am Abend las Percy mir und Großvater einen neuen Abschnitt über Buffalo Bill vor. Großvater lag auf seiner Couch, die Decke bis an die Nase gezogen. Ich saß auf dem Stuhl am Schreibtisch. Und Percy saß zu Großvaters Füßen.

Er las das dritte Kapitel, das davon handelte, dass Buffalo Bill im Alter von elf Jahren seine Familie versorgen musste, weil sein Vater im zweiten Kapitel gestorben war. Bill ritt mit Waren und Schlachttieren zu Soldaten in lebensgefährlichen Gegenden.

»Dieser Bill, das war einer, der hatte Mumm in den Knochen!«, sagte Großvater.

»Das hab ich auch«, sagte Percy.

»Ja, das hast du«, sagte Großvater. »Aber lies jetzt weiter.«

Also las Percy weiter, fließend und ohne zu stocken.

»Auf dieser Reise lief ich drei Paar Mokassins durch und zog daraus die wichtige Lehre: Je dicker die Sohlen, desto leichter kommt man in unwegsamem Gelände voran«, las er.

Als Buffalo Bill vor den fürchterlichen Wüstenstürmen in einer Höhle voller alter Menschenknochen Schutz suchte, schlief Großvater ein.

Wir hörten ihn fast bis zu unserer Hütte hinaus schnarchen. Die Hütte war inzwischen richtig wohnlich geworden. Sie hatte drei Wände, den Rest dachten wir uns. Wir krochen unter unsere Decken und ließen sogar die Taschenlampe aus.

»Was hast du noch alles gemacht, als du klein warst?«, wollte Percy wissen.

»Weiß nicht«, sagte ich. »Hab schwarze Ameisen gefuttert. Und dann haben wir alle zusammen ein Floß gebaut, aus Plastikkanistern und alten Bretterresten. Kann mich nicht so genau erinnern. Ich war ja noch so klein. Einmal schnitzte ich mir Pfeil und Bogen und schoss meinem Bruder in den Hintern.«

Percy schien sich alles merken zu wollen.

»Das werd ich auch tun«, sagte er.

»Nein, das lässt du bleiben«, sagte ich.

Dann lagen wir schweigend da und sahen ein großes rostiges Schiff mit hellen Schiffslaternen und leuchtenden Bullaugen vorbeifahren. Es sah aus wie ein echtes Geisterschiff. Während es auf den blinkenden Leuchtturm zusteuerte, stieß es ein heiseres Tuten aus, genauso heiser wie Pias heiseres Lachen.

Zurück blieben nur die silbernen Schlieren der Wellen auf dem schwarzen Wasser.

»Morgen wird geschwommen«, sagte Percy.

Dann schlief er ein, zappelte aber trotzdem noch unter der Decke herum. Wahrscheinlich übte er sogar im Schlaf Beinbewegungen. Und ich stellte mir vor, der dunkle Himmel über mir wäre Pias rosa Badehandtuch.

Percy übt Bogenschießen und kann fast richtig schwimmen

»Ich hol mir deinen Skalp, du fieser kleiner Wurm!«

Ich wachte vom empörten Geheul meines Bruders auf, das vom Rasen neben dem Haus herüberdrang. Im Schulhaus übte der Lehrer einen Beerdigungschoral.

Nachdem ich mich aus meinem Deckengewirr herausgewunden hatte und zum Haus gerannt war, sah ich Jan hinter Percy herjagen. Er bewegte sich in hüpfenden Sätzen vorwärts und rieb sich dabei den Hintern. Percy hielt einen Bogen in der Hand.

Kurz darauf hatte mein Bruder ihn erwischt.

»Was hat er getan?«, rief ich.

»Hab friedlich gepinkelt und da hat er mir in den Hintern geschossen!«, schnaubte mein Bruder.

»Das war bestimmt ein Irrtum«, sagte ich wider besseres Wissen.

»Glaub ich nicht«, schrie mein Bruder, zerbrach den Bogen und schmiss die Teile in den Wald. »Mach das ja nicht noch mal, denn dann steche ich dir tausendmal mit einer Gabel in den Hintern, die ich auf dem Herd zum Glühen gebracht hab, das kann ich dir versprechen. Kapiert?«

»Ja«, sagte Percy.

»Versteh gar nicht, warum ich das nicht jetzt gleich mache«, sagte mein Bruder, seufzte und verzog sich.

»Wozu sollte das jetzt wieder gut sein?«, fragte ich.

»Ich hab auch schon schwarze Ameisen gefuttert«, sagte er. »Und einen halben Eimer Nägel gerade geklopft. Hab schon ziemlich viel erledigt.«

Ganz schön auf Zack, dieser Percy.

»Gut, aber jetzt können wir uns doch ein bisschen Ruhe gönnen, oder?«, sagte ich. »Das hab ich meistens getan, als ich klein war. Hab mir fast immer ein bisschen Ruhe gegönnt. Und dann hab ich Steine auf dem Wasser hüpfen lassen.«

»Wie das denn?« Davon hatte Percy noch nie etwas gehört.

Also ging ich mit ihm hinunter ans Ufer und zeigte ihm, dass man dünne, flache Steine aussuchen muss. Sie dürfen nicht zu schwer sein, aber auch nicht zu leicht. Jedenfalls nicht, wenn ein Wind geht, weil sie sonst davongetragen werden.

»Du hältst sie zwischen Daumen und Zeigefinger, so. Und dann wirfst du sie so, dass sie wie fliegende Untertassen direkt über der Wasseroberfläche davonwirbeln.«

Ich fand einen geeigneten Stein und zeigte es ihm. Der Stein flog wie geplant davon, prallte genau im richtigen Winkel auf und hüpfte wie ein Wasserfloh übers Wasser.

»Acht Hüpfer«, sagte ich stolz. »Das schlägst du nicht so schnell.«

Nein, er brauchte eine halbe Stunde dazu.

»Jetzt freu ich mich drauf, selbst reinzuhüpfen«, erklärte Percy.

Im Werkzeugschuppen konnte man alles finden. Dort stöberten wir schließlich auch einen Autoreifen auf, oder vielmehr den Innenschlauch eines Autoreifens. Den pumpten wir auf und flitzten damit zum Hafen, wo das Wasser ruhig und ziemlich seicht war. Wir kamen sehr früh dort an und ich rechnete damit, dass wir erst mal für uns bleiben würden.

»Falls Pia auftaucht, spiel dich gefälligst nicht wieder so auf«, sagte ich.

Das sagte ich nur sicherheitshalber.

Percys Kopf nickte über der Wasseroberfläche.

Er war schon voller Eifer ins Wasser gehüpft und stand jetzt mit dem Autoschlauch vor der Nase auf dem schlammigen Grund. Die Eiderfeder, die in seinem Stirnband steckte, wippte unternehmungslustig in der Morgenbrise. Um den Bauch hatte er seinen Korkgurt. Jetzt konnte ihm nichts mehr passieren.

»Brrr, ist das kalt«, fröstelte er.

»Nach einer Weile hat man sich daran gewöhnt«, versprach ich. »Wir fangen mit den Beinbewegungen an. Halte dich mit den Händen an dem Autoschlauch fest. Dann musst du mit den Beinen schwimmen, so wie gestern. Weißt du noch, wie das ging?«

»Klar weiß ich das. Hab doch kein Kalk im Gehirn«, sagte er.

»Also, dann leg los«, rief ich.

Ich stand auf dem Steg und rief wie ein erfahrener Schwimmlehrer.

»Tüchtig die Beine nach außen strecken. Und dann

wieder zusammen!«, rief ich. »Jetzt bist du nicht mehr im Achtersalon. So ist's gut!«

Ich sah ihn wie einen zu groß geratenen Frosch mit kräftigen Beinbewegungen davonschwimmen, den Autoreifen fest im Griff. Er war wirklich tüchtig. Ich selbst hatte mit fünf Schwimmen gelernt. Und als ich sechs war, hatte ich den Freischwimmer gemacht. Aber ich hatte mich immer für ein Wunderkind gehalten.

»Gut, mach so weiter!«, rief ich. »Denk an Gott.«

Er ließ die Bojen der Freizeitboote hinter sich, eine

nach der andern. Und die Möwen kreischten, als würde es sich um die schwedischen Schwimmmeisterschaften handeln. Ich wollte ebenfalls ins Wasser hüpfen. Als ich mich umdrehte, um mir die Hose auszuziehen, sah ich fast nichts, so sehr hatte mich das Sonnenglitzern geblendet.

Aber nach einer Weile sah ich Pia.

Sie kam die Straße vom Laden herunter. Sie trug ein gelbes Kleid mit rotem Gummigürtel und hielt eine Tüte mit ihrem Badehandtuch in der Hand. Der Wind ließ das Kleid um ihre Beine flattern. Sie ging auf eine besondere, irgendwie leichte, tanzende Art und dabei schwangen ihre Haare hin und her.

Ich zog den Bauch ein, um schlanker auszusehen.

»Hallo«, sagte ich, als sie näher kam.

»Bist du schon da?«

»Ja«, sagte ich.

»Du hast doch hoffentlich nicht vor, heute auch wieder Witze zu erzählen?«, fragte sie.

»Nö«, sagte ich. »Die hab ich ertränkt.«

Dann redete ich wild drauflos. Ich sagte, mein Bruder sei heute Morgen von einem Pfeil in den Hintern getroffen worden. Und ihr Kleid sei echt schön. Und Großvater habe gestern eine ganze Stunde lang einen Steinbrocken angeflucht. Ich redete vor allem, um ihr beim Zuhören zuschauen zu können. Und um zu verhindern, dass sie nach Percy fragte.

»Und wo hast du Percy gelassen?«, fragte sie, kaum dass ich eine Pause machte.

»Ich bringe ihm gerade Schwimmen bei«, sagte ich. »Der kann ja nicht mal das.«

Ich sah, wie sie angestrengt übers Wasser spähte.

»Wo denn?«

Da drehte ich mich um und sah nach.

Ich sah die sonnenfunkelnden Wellen, die glucksend gegen die Boote im Hafen schwappten. Ich sah ein paar Gänsesäger im Wasser verschwinden und wieder auftauchen. Aber wo zum Kuckuck war Percy? Schließlich erblickte ich ihn doch. Er befand sich in der Hafeneinfahrt. Dort ragte eine Eiderfeder in die Luft und steuerte geradewegs in die Bucht hinaus, wo hohe Wellen gingen.

»Mist!«, stöhnte ich. »Hab ganz vergessen, auf ihn aufzupassen.«

»Wo ist er?«, fragte Pia.

»Unterwegs nach Åland!«, sagte ich.

Dann raste ich so schnell ich konnte davon, sprang über den Bach mit den Blutegeln und sauste an den Booten entlang.

»Ich komme, warte doch!«, schrie ich.

Auf dem Weg zur Mole hinaus riss ich einen Bootshaken an mich, der unterm Dach eines Bootsschuppens hing. Unten am Fuß der Steinmole lag ein glitschiger Holzbalken. Darauf stellte ich mich und streckte den Bootshaken so weit es ging hinaus, um damit die Schnur des Korkgurts zu erwischen und Percy, der ohne sich umzuschauen weiterschwamm, daran zurückzuziehen. Aber sosehr ich es auch versuchte, ich erreichte ihn nicht. Er glitt in die Fahrrinne hinaus, immer hinter dem Autoschlauch her.

»Ruhig Blut, ich werd das schon deichseln«, rief ich.

»Geht doch schon ganz gut, findest du nicht auch?«, rief er zurück.

Dann wurde er von einer großen, grauen Welle davongetragen.

Es dauerte eine ganze Weile, bis ich eine Jolle aufgetrieben hatte, in der die Ruder bereitlagen. Ich sprang hinein und ruderte hinter ihm her. Inzwischen trieb er schon in die Mitte der Bucht hinaus. Und ein großes russisches Frachtschiff mit rostigem Bug hielt direkt auf ihn zu.

»Pass auf!«, schrie ich.

Aber wie hätte er das hören sollen? Ich sah das Schiff weiter geradeaus fahren. Aber ich sah keinen Kopf mit einer Eiderfeder mehr. Erst als das Schiff vorbeigefahren war und die Jolle auf den Heckwellen schaukelte, tauchte er wieder auf.

Als ich Percy erreichte, war er zu erschöpft, um in die Jolle klettern zu können. Ich musste ihn ins Schlepptau nehmen und so zurück in den Hafen bringen. Inzwischen stand Klas neben Pia. Mit gemeinsamen Kräften hievten wir Percy auf den Steg. Da lag er nun und schnappte nach Luft wie eine Flunder an Land.

»Was hattest du denn da draußen verloren?«, sagte ich.

»Mann, mit diesem bescheuerten Autoreifen vor der Nase konnte ich doch nicht wenden!«, sagte er. »Wie waren die Beinbewegungen?«

»Perfekt«, sagte ich.

»Gut«, sagte er und spuckte noch ein bisschen Wasser aus. »Aber nächstes Mal üben wir nicht so lange.«

Er hatte blaue Lippen und bibberte so heftig, dass seine Zähne klapperten.

»Und so was will ein Freund sein!«, sagte Pia anklagend. »Lässt ihn einfach allein, wo er doch gar nicht schwimmen kann. Er hätte ja ertrinken können.«

Sie beugte sich über Percy und legte ihm die Hand auf die Stirn.

»Er ist total unterkühlt«, fuhr sie fort. »Wir müssen dafür sorgen, dass seine Körpertemperatur steigt.«

Dabei klang sie genau wie die tüchtige Operationsschwester, die sie später einmal werden wollte. Sie holte das rosa Badehandtuch hervor, das gerade erst über meinem Kopf gelegen und mich mit ihrem Duft verwirrt und beglückt hatte. Jetzt hüllte sie Percy damit ein und rieb seine Arme und seine Brust, damit ihm wieder warm wurde.

»Ist ja gut«, sagte sie. »Ist ja gut. Ich werd dich schon wieder warm kriegen.«

»Na, ist das nicht ziemlich unnötig?«, bemerkte ich.

Zu sehen, wie sie da neben Percy auf den Knien lag und ihn mit diesem Handtuch massierte, gefiel mir nämlich ganz und gar nicht.

»Und das sagst ausgerechnet du, wo du ihn fast umgebracht hast«, bemerkte sie mit eisiger Stimme.

Sie sah mich an, als wäre ich ein kaltblütiger Mörder.

»Jedenfalls hab ich ihn doch wieder an Land bugsiert, oder etwa nicht?«, sagte ich.

Da zog Percy das Badetuch weg.

»Hört mit dem Quatsch auf!«, sagte er. »Ich lebe ja. Jetzt zischen wir nach Hause und spielen irgendwas, was du gespielt hast, als du klein warst. Kommst du mit, Klas?«

»Klaro«, sagte Klas.

Dann gingen wir, während Pia ihr Badetuch zusammenfaltete, als wäre es eine Kostbarkeit.

»Kommt ihr am Samstag zum Tanzen?«, fragte sie.

»Mal sehn«, sagte Glückliche Wolke.

An diesem Tag wurde nichts mehr aus irgendwelchen kindlichen Spielen.

Zuerst spendierte uns Klas hinter einer Tanne je eine Chesterfield. Die könne man nämlich brauchen, wenn man fast ertrunken sei, behauptete er. Und danach stiegen wir auf den Felsen, um Klas unsere halb fertige Hütte zu zeigen.

Als wir bei der Hütte ankamen, war Großvater dort. Er hatte eine Sekunde übrig gehabt, und da hatte er schnell mal vorbeigeschaut, um ein Fenster einzusetzen. Er hatte bereits ein passend großes Loch in eine Wand gesägt und mit einem Diamanten ein Glas zurechtgeschnitten.

»Aha, da sind sie ja schon, die Herren«, sagte er. »Hab mich hier ganz schön an eurer Hütte abgerackert. Los, packt zu und helft mit!«

Das taten wir. Wir schraubten den Fensterrahmen an und drei Scharniere. Danach brauchte man das Fenster bloß noch einzuhängen und die Aussicht zu bewundern. Es sah aus wie ein Gemälde: Die Bucht im strahlenden Mittagslicht mit zwei Fischerbooten.

»Toll«, sagte Klas.

»Ja, bald kann man es als ein Haus bezeichnen«, sagte Großvater.

»Wenn es fertig ist, kaufen wir einen Kronleuchter und eine Musiktruhe«, sagte Percy.

»Und einen Perserteppich«, fügte ich hinzu, denn so einen hatten wir bei uns zu Hause.

»Ihr mit euren Ideen«, sagte Großvater. »Ja, ja. Jetzt gibt's bald Essen.«

Er schaute auf die goldene Uhr, die an einer Kette an seiner Weste saß, und zog Jacke und Hut an, die er an einen Kiefernzweig gehängt hatte. Er wollte schon losmarschieren, als er plötzlich erstarrte.

»Da soll doch gleich der Teufel dreinfahren!«, schrie er.

Denn in diesem Moment hatte er zwei Krähen entdeckt, die über dem Kirschbaum mit den reifen Kirschen kreisten. Er nahm einen Stein und schleuderte ihn mit aller Kraft nach den Vögeln. Der Stein flog sehr weit, doch die Krähen lachten nur lauthals.

Das regte ihn nur noch mehr auf.

»Wenn meine Augen nicht so schlecht wären, würde ich euch abknallen, ihr verfluchten Viecher!«, schrie er.

Da flatterten die Krähen sicherheitshalber zum Garten des Lehrers hinüber. Dort konnten sie Klaviermusik hören.

»Geschieht ihm gerade recht«, gluckste Großvater. »Der hustet ja so, dass man beim Schnarchen aus dem Takt kommt … Übrigens, habt ihr vielleicht Lust, Schießen zu lernen, Jungs?«

»Ja, so was zu können ist immer gut«, sagte Percy.

»Ich muss leider zum Essen nach Hause«, sagte Klas.

»Schade«, sagte ich. »Wann kommt dein Vater zurück?«

»Am Samstag«, sagte Klas.

Dann lief er los. Percy, Großvater und ich gingen zum Wandschrank, wo wir das Kleinkalibergewehr hinter Großmutters Wintermantel hervorholten. Es war ein echtes Gewehr, das mit echten Patronen geladen wurde. Großvater reichte es mir. Dann platzierte er leere Farbdosen auf den Steinen, die das Kartoffelbeet einfassten.

»Versucht die Dosen zu treffen«, sagte er, als er zurückkam. »Ihr könnt ja so tun, als wären es Krähen oder Eichhörnchen oder ähnliches Teufelszeug.«

»Auf Eichhörnchen kann man doch nicht schießen«, wandte Percy ein.

»Und warum nicht, wenn ich fragen darf?«, schrie Großvater. »Die beißen hemmungslos in meine Erdbeeren. Fressen sie nicht mal auf, holen sich aus jeder Beere bloß einen Bissen. Nur um mich zu ärgern!«

»So ein Quatsch«, sagte Percy.

Für einen kurzen Moment sah es aus, als würde Großvater wütend werden. Doch dann schnaubte er nur.

»Na, dann stellt euch eben vor, es wären Krähen«, sagte er.

Er zeigte uns, wie man das Gewehr lud und wie man zielte. Doch das wusste ich schon, weil mein Bruder und ich insgeheim geübt hatten. Großvater stopfte die erste Patrone hinein.

»Percy darf anfangen, weil er unser Gast ist«, sagte er.

Gleich mit dem ersten Schuss traf Percy eine Dose »Beckers Rot«.

»Anfängerdusel«, sagte ich.

Dann schossen wir ziemlich lange, während Großvater erzählte, Buffalo Bill habe rekordviele Büffel abgeschossen, während kreuz und quer durch Amerika Eisenbahnschienen verlegt worden seien. Sonst wären die Züge die ganze Zeit mit ihnen zusammengestoßen.

»Jemand, der unschuldige Tiere abknallt, ist für mich kein Held«, sagte Percy und schoss eine weitere Farbdose herunter.

»Unglaublich, wie dieser Lümmel mir immer widerspricht«, grunzte Großvater. »Jedenfalls war er ein mutiger Mann, dieser Billy. So, und jetzt reden wir nicht mehr darüber.«

Wir schossen noch weitere Blechdosen ab – bis Mama mit einer rauchenden Bratpfanne in der Hand herauskam, um nachzuschauen, was wir eigentlich trieben. Sie sah mich das Gewehr zur Schulter heben und zielen. Da ließ sie die Bratpfanne fallen, mit Koteletts und allem, und kam auf uns zugestürzt. Ich hatte gar nicht gewusst, dass sie so gut rennen konnte.

»Ulf! Leg das da sofort weg!«, rief sie.

Sie hatte rote Wangen und war so außer sich, dass Großvater ganz verwirrt wurde.

»Was fällt dir eigentlich ein?«, schrie sie ihn an.

»Wieso?«, fragte Großvater und nahm den Hut ab.

»Wie kannst du die Kinder mit scharfer Munition schießen lassen! Dass du halb verrückt bist, das hab ich schon immer gewusst, aber dass du so ein verantwortungsloser Idiot bist, das dann doch nicht!«

»Beruhig dich doch, Ebba«, versuchte Großvater.

»Nein, ich denke nicht daran!«, schrie Mama. »Ich koche jeden Tag für dich und Großmutter. Ich wasche deine Unterwäsche und bügle deine Hemden. Und was machst du? Du bringst die Kinder in Lebensgefahr. Ich hab's satt. Ich fahre mit den Kindern nach Hause, dann könnt ihr sehen, wie ihr zurechtkommt! Kurth kann tun, was er will. Aber ich nehme die Kinder mit und fahre!«

Sie trieb mich und Percy vor sich her zum Haus. Großvater blickte hinter Percy her.

»Na, na, Mädchen!«, sagte er. »Lass mich wenigstens den Jungen noch ein Weilchen behalten. Er kann so schön vorlesen. Und inzwischen hab ich ihn irgendwie gern!«

»Nein! Du bist kein passender Umgang für Kinder!«

Als wir ins Haus kamen, begann sie in rasendem Tempo alle möglichen Sachen in den großen Koffer zu packen: Strümpfe, Pullis, Wollknäuel, die Küchenmaschine, Kleider in wildem Durcheinander. Sie lief hin und her und fand überall Sachen, die noch hineinmussten. Dann setzte sie ihren Stadthut und ihre Sonnenbrille auf.

»Aber liebste Ebba«, sagte Großvater.

»Nein«, sagte sie.

Dann sank sie auf den Koffer und bebte. Nach einer Weile kam Papa und setzte sich neben sie. Er ließ das Kreuzworträtsel fallen und legte den Arm um ihre Schultern. Von dem unteren Rand der Sonnenbrille strömten ihr die Tränen über die Wangen.

»Meine Kleine«, sagte Papa.

»Ich bin nicht klein«, sagte Mama.

»Was ist denn passiert?«

»Du hättest irgendwann mal von deinem Kreuzworträtsel aufschauen und dich dafür interessieren können, was die Kinder treiben«, sagte Mama. »Übrigens ist es *Bierbauch*.«

»Was denn?«, fragte Papa.

»Etwas, das Männer mit sich herumtragen. Neun Buchstaben«, sagte Mama. »Dieses eine Wort im Kreuzworträtsel, das dir nie einfallen wollte.«

Ich sah, wie zornig Mama aussah und wie verletzt Papa war. Ich und Percy standen neben der Bibel und wussten nicht, wohin mit uns. Da hörten wir Hufeklappern. Wir rissen die Tür auf, um nachzusehen, was es war. Ein schwarzes Pferd kam in vollem Galopp durch die Gärten angesprengt. Es warf den Kopf zurück, bleckte die Zähne und wieherte in den freien Himmel hinauf.

»Blacky«, sagte Mama. »Jetzt hat er sich wieder befreit!«

Sie klang fast so, als wünschte sie, sie hätte das getan.

»Hoffentlich erwischen sie ihn nie!«, sagte sie.

»Das hoffe ich auch«, sagte Percy.

»So was dürft ihr doch nicht sagen«, wandte Papa ein.

Blackys Mähne flatterte wie eine Fahne im Wind. Dann kam er den Pfad entlanggedonnert, direkt auf unser Haus zu. Vor der Haustür erhob er sich auf die Hinterbeine und schlug mit den Vorderbeinen in die Luft. Danach raste er zum Garten des Lehrers hinüber.

Kurz darauf kamen die Männer aus dem Dorf angerannt.

Da trat Mama aus der Tür.

»Dorthin«, sagte sie und zeigte in die falsche Richtung.

»Warum hast du das gesagt?«, fragte Papa, als die Männer in die Richtung verschwunden waren, in die sie gezeigt hatte.

»Das wirst du nie verstehen«, sagte Mama. »Aber warum sollte Blacky nicht das Recht auf einen Moment der Freiheit haben? Das sollten wir überhaupt alle!«

»Da hast du Recht«, sagte Großvater. »Wie meistens. Entschuldige, verdammt und zugenäht noch mal!«

Da wieherte Mama, hob die Bratpfanne und die Koteletts von der Erde auf, ging ins Haus und packte wieder aus.

»Um was ging es eigentlich?«, fragte Papa. »Habt ihr irgendwas angestellt?«

»Nein, nichts Besonderes«, sagte Percy.

»Denn du weißt ja, Ulf, falls was ist, kannst du jederzeit zu mir kommen und darüber reden«, sagte Papa. »Du weißt ja, wo du mich findest.«

»Ja«, sagte ich.

»Gut«, sagte er.

Er klopfte mir auf die Schulter, dann ging er in den Achtersalon und holte sich einen französischen Krimi.

Percy tanzt und kriegt eine Abreibung – und dann noch eine

Samstagabends wurde getanzt. Da wurde der überdachte Tanzboden im Dorf von einer Lichterkette beleuchtet und manchmal kam sogar ein Orchester aus der Stadt. Ansonsten tanzte man zu Grammofonmusik. Die Musik war schon von weitem zu hören. Sie stieg in den Himmel, kam zurückgefedert und brachte Mücken und Menschen zum Tanzen.

Wir tanzten allerdings nicht. Dafür waren wir zu jung und zu alt.

Wir schlüpften an der Rückseite durch einen Spalt im Drahtzaun. Dann standen wir auf dem Rasen und beobachteten, was geschah. Manchmal kauften wir bei Margareta im Kiosk eine Bratwurst mit Brot und einen Schokodrink. Ab und zu pafften wir hinter irgendeinem Busch an einer Zigarette. Aber meistens schauten wir nur zu.

»Guck dir mal die beiden an! Hast du gesehen, wo er seine Hand hinsteckt?«, sagten wir.

Und beim Gedanken an all das Spannende, was uns eines Tages erwartete, lief es uns kalt über den Rücken.

Wir kontrollierten, wer wen küsste. Und wer mit wem im Wald verschwand, wenn sie glaubten, niemand würde es sehen. Wir wetteten, wer am besoffensten sein würde, und warteten hoffnungsvoll auf Streit und Schlägereien. Einmal leerten wir ungekochte Erbsen auf die Tanzfläche und wurden versohlt.

Aber tanzen, das taten wir nicht. Das war ein ungeschriebenes Gesetz.

Wenn das Orchester ganz besonders gut war, konnte es vorkommen, dass wir mit einem Fuß ganz leicht den Takt stampften. Ab und zu tanzte ein Mädchen mit einem anderen Mädchen. Aber ein Junge mit einem Mädchen, nein, das niemals, unter keinen Umständen.

Wir unterhielten uns und guckten. Das genügte.

Heute sprachen wir vor allem über Blacky, der nach zwei Tagen in Freiheit soeben eingefangen worden war. Während seiner Flucht durch den Wald hatten die Äste sein Fell blutig geritzt. Es hatte fünf starke Männer gebraucht, um ihn festzuhalten. Einer hatte einen Biss davongetragen, ein anderer einen Tritt ans Bein. Großvater hatte die Stallwände inzwischen erneut verstärkt.

»Sie sagen, vielleicht müssen sie ihn töten«, sagte Marianne. »Wenn sie es nicht schaffen, dass er drinbleibt. Weil er dann für die Leute hier zu gefährlich wird.«

»Die können ihn doch nicht einfach umbringen«, sagte Pia.

»Die können tun, was sie wollen«, sagte Leif, der seine kleine Schwester huckepack trug.

»Jetzt muss er jedenfalls angebunden im Stall stehen«, sagte ich.

Wir schwiegen, schauten zu und dachten an das arme durchgeknallte Pferd, das angebunden in einer dunklen

Box stehen musste, obwohl draußen herrlichster Sommer war.

»Man müsste ihn rauslassen«, sagte Percy.

»Das finde ich auch«, stimmte Pia zu.

Danach wussten wir nichts mehr zu sagen. Percy schlug nach einer Mücke. Leif trank aus einer Bierflasche, die er auf einer Bank gefunden hatte und in der sich noch ein kleiner Rest befand. Marianne summte die Melodie der Musik mit, die gerade gespielt wurde.

»Das hier macht ihr also jeden Sommer?«, fragte Percy. »Ihr steht bloß so herum und guckt zu?«

»Ja«, sagte ich. »Siehst du den da drüben? Der wird immer stinkwütend, wenn er blau ist.«

»Und was ist daran so komisch? Tanzt ihr nie?«

»Was glaubst du wohl?«, sagte ich und grinste.

»Also, ich werd jedenfalls tanzen«, erklärte er.

Damit flitzte er davon, bevor ich stopp sagen konnte. Er forderte eine ältere Frau um die dreißig auf, die mit traurigem Gesicht am Zaun stand. Sie trug einen kurzen Rock, eine Lederjacke und eine Sonnenbrille, obwohl die Sonne schon längst untergegangen war. Sie nickte, spuckte ihren Kaugummi aus und folgte ihm auf die Tanzfläche.

»Habt ihr das gesehen?«, sagte Ulf E.

»Ja. Bin gespannt, was er vorhat«, sagte Bengt.

»Kommt, das dürfen wir uns nicht entgehen lassen«, sagte Leif.

Wir hätten wetten können, dass Percy etwas Geniales und Verrücktes vorhatte. Vielleicht würde er der Frau ein Bein stellen, damit sie umfiel und ihr der Rock bis zur Taille hinaufrutschte? Oder was anderes. Jedenfalls etwas Spannendes.

Also kletterten wir aufs Geländer und spähten in die Menge der Tanzenden. Aber als wir ihn erblickten, tanzte er bloß, ganz normal. Die eine Hand hatte er um den Rücken der Frau gelegt, die andere hielt er ausgestreckt. Seine Beine klappten auseinander und wieder zusammen, als würde er zur Musik Trockenschwimmen üben.

Percy konnte perfekt mit Leuten tanzen, die größer waren als er selbst.

Er hatte nämlich mit seiner Mutter geübt, kaum dass er Laufen gelernt hatte.

»Warum passiert denn nichts?«, sagte Leif.

Dann war der Tanz zu Ende und Percy verbeugte sich höflich vor der Frau, die jetzt, da sie getanzt hatte, viel fröhlicher aussah.

»Was zum Kuckuck sollte das denn sein!«, sagte Bengt verächtlich.

»Ja, genau«, sagte ich. »Er hat einfach nur getanzt!«

Ich hätte es gern gesehen, dass er sich blamierte. Er sollte dafür büßen müssen, dass er unter Pias rosa Badetuch gewesen war. Dann würde er es sich gut überlegen, bevor er das ein zweites Mal wagte.

Als er zurückkam, schwiegen alle.

Alle bis auf Pia.

»Ich will auch tanzen«, sagte sie und lächelte.

Sie nahm Percy an der Hand und zog mit ihm zum Tanzboden davon. Zuerst schien er zu zögern. Doch dann zuckte er in meine Richtung mit den Schultern. Er fasste sie um die Taille und wirbelte zwischen den anderen Tänzern davon.

Ich wollte nicht hinschauen, aber ich tat es trotzdem.

Ich sah, dass sie die eine Hand auf Percys Schulter gelegt hatte. Sie lachte ihm ins Ohr und presste sich eng an ihn, weil es ein ziemlich langsamer Tanz war. Aber fast am schlimmsten war, dass sie lachte.

Mir traten Tränen in die Augen. Das passierte mir bei jeder Kleinigkeit.

Dann kam Klas und ich versuchte mich für ihn zu interessieren.

»Na, was hat dein Vater gesagt?«, fragte ich. »War er stinkwütend?«

»Nein, er war froh«, sagte Klas.

»Wieso das?«, fragte Leif. »Haben die denn nicht entdeckt, dass der Käfer selbst gebastelt war?«

»Klar haben sie das«, sagte Klas. »Das waren doch Experten. Sie haben Papa ausgelacht, weil er sich von einem Kind hat reinlegen lassen. Sie lachten so sehr, dass Papa jetzt die Nase voll hat von der ganzen Biologie. Und von der Botanik auch. Er hat gesagt, was für ein Glück und dass er jetzt kapiert hat, was für Snobs diese Wissenschaftsärsche sind. Ich soll ihm nie mehr einen Käfer zeigen. Und ja keine Blume oder einen Schmetterling. Das musste ich ihm versprechen.«

»Hast du das versprochen?«, wollte Ulf E. wissen.

»Ist doch logisch«, sagte Klas. »Und dann hab ich noch mal zwanzig Piepen gekriegt. Mensch Meier, bin ich froh! Jetzt brauche ich im Sommer vielleicht nie mehr was Nützliches zu tun. Hörst du nicht zu, Ulf?«

»Doch, doch«, sagte ich.

Aber das tat ich nicht. Ich sah die beiden P.s an, Percy und Pia. Pest und Pocken, dachte ich. Klas folgte meinem Blick und sah, genau wie ich, wie sie sich immer wieder im Kreis drehten, wie ein glückliches Karussell.

»Was machen die da? Tanzen die etwa?«, sagte er und klang, als müsste er sich übergeben. »Komm, wir verziehen uns hinter einen Busch und rauchen. Ich spendier dir eine. Das kannst du brauchen.«

Er legte mir sogar den Arm um die Schultern.

Drei Zigaretten und fünf Mückenstiche später kehrten wir zu den anderen zurück, weil da der Tanz zu Ende war. Percy verbeugte sich vor Pia, als er sie bei uns ablieferte. Dann zwinkerte er mir zu. Pia hatte rote Backen.

»Das war super«, sagte sie.

»Na, vielleicht sollte man diese dusslige Tanzerei doch mal ausprobieren«, sagte Bengt. »Oder was meinst du, Ulf?«

»Halt die Klappe«, sagte ich.

»Was würdest du denn lieber machen?«, fragte Percy.

»Wenn du mitkommst, sag ich's dir«, sagte ich.

Wir gingen hinter den Tanzboden, wo bloß ein paar schmusende Paare herumstanden.

»Na, was willst du machen?«, fragte Percy.

»Das hier.«

Und damit schlug ich Percy. Das tat ich wegen Pias Hand auf seiner Schulter und weil sie in sein Ohr gelacht hatte und ich nicht wusste, wie ich damit fertig werden sollte. Ich boxte ihm fest in den Bauch. Und danach rangen wir miteinander. Percy war so überrumpelt, dass ich ihn sogar auf den Rücken werfen konnte.

»Wenn du doch nie hergekommen wärst!«, keuchte ich. »Wenn wir nur nie Blutsbrüder geworden wären!«

Percy lag ganz still da und starrte mich an.

»Was ist eigentlich mit dir los?«, fragte er.

»Warum hast du auch mit ihr tanzen müssen?«, sagte ich.

»Jetzt hör mal«, sagte er und schob mich von sich. »Wenn man von einem Mädchen aufgefordert wird, kann man nicht nein sagen. So ist das nun mal. Und jetzt gehen wir wieder zu den anderen.«

Aber als wir dort ankamen, standen nur noch Klas und Pia dort. Marianne tanzte mit Ulf E. Bengt tanzte mit Birgitta. Und Leif tanzte mit seiner kleinen Schwester im Arm. Wir steckten uns je eine Zigarette aus Klas' Paket an, um die Mücken zu vertreiben.

Pia blies eine Rauchwolke zu Percy hinüber.

»Wie wär's mit noch einem Tanz?«, fragte sie.

»Sorry«, sagte er. »Ulf schlägt so fest zu, dass ich nicht mehr in Form bin.«

»Da gehen wir wohl besser nach Hause«, sagte ich.

Wir trotteten die Landstraße entlang. Vom Tanzplatz drang ein trauriger Walzer, der zu unseren Gefühlen passte. Die Tannen waren schwärzer als vorhin. Die Vögel schwiegen. Und am Himmel standen keine Sterne. Ich hatte die Hände in die Taschen gesteckt, damit ihnen keine neuen Dummheiten einfielen.

»Tut mir Leid, dass ich dich geschlagen hab«, sagte ich. »Und das mit den Blutsbrüdern hab ich nicht so gemeint.«

»Kapier ich doch«, sagte Percy.

»Ich weiß auch nicht, warum ich so bin. Wenn sie mir nur egal sein könnte.«

»Kann sie das denn nicht?«

»Nein … Du hättest lieber letztes Jahr kommen sollen. Oder nächstes.«

»Dieses Jahr ist gut. Das hier ist der beste Sommer, den ich je erlebt hab. Und er ist noch nicht zu Ende.«

»Verliebt sein ist, wie wenn man krank ist«, erklärte ich.

Dann unterhielten wir uns noch eine Weile über die Liebe: dass sie einen dazu brachte, Dinge zu tun, die man sonst nie im Leben tun würde. Und Sachen zu sagen, die man nicht meinte. Sie machte einen gleichzeitig glücklich und traurig.

»Pia hat überhaupt nichts für mich übrig!«, seufzte ich.

»Auf die Dauer hält sie das nicht durch«, sagte Percy. »Du bist doch der Beste überhaupt!«

»Ich weiß«, sagte ich. »Aber du sollst sie trotzdem in Ruhe lassen, verdammt noch mal!«

Und damit schlug ich wieder zu. Diesmal auf seine Lippe. Es war mir unfasslich, wie meine Hand so ohne weiteres aus der Tasche schlüpfen konnte.

Er leckte sich das Blut ab.

»Tut mir schon wieder Leid«, sagte ich. »Wenn du willst, darfst du zurückschlagen.«

»Dann aber nur, damit alles seine Ordnung hat«, sagte er und verpasste mir eins auf die Nase.

Dann gingen wir schweigend weiter. Er leckte seine Lippe. Und ich hielt mir ein Taschentuch vor die Nase.

Als wir nach Hause kamen, stand Großvater, mit seinem grauen Filzhut auf dem Kopf, im Garten und blickte auf den dunklen Himmel und die Bucht hinaus. Die Kiefernwipfel rauschten und die Libellen schwirrten durch die Luft, als wollten sie schnell noch was erleben, bevor der Tag endgültig zu Ende ging. Großvater hatte die Hände in die Hüften gestemmt.

»Genießt du gerade die Natur, Großvater?«, erkundigte ich mich.

»Nein, überhaupt nicht«, sagte er. »Ich überlege bloß, ob ich noch einen Kirschbaum pflanzen soll. Der müsste dann genau da stehen, wo dieser verteufelte Stein liegt.«

Dann bemerkte er Percys geschwollene Lippe und meine Nase.

»Was ist denn passiert, Jungs? Habt ihr euch geprügelt?«

»Bloß zum Spaß«, sagte Percy.

»Stimmt gar nicht«, sagte ich. »Percy ist ja so was von bescheuert.«

Natürlich war das ungerecht. Percy blickte gekränkt auf den Boden. Und ich fühlte mich mies. Und das machte mich noch gereizter.

»Mit dem sprech ich nie mehr ein Wort!«, verkündete ich.

»Sei nicht albern, Ulf«, sagte Großvater. »Mit einem echten Freund muss man sich ab und zu streiten und prügeln. Das gehört dazu.«

»Du kannst dich ja mit deinen ollen Steinen herumprügeln«, sagte ich. »Oder deinen neuen Freund hier bitten, dir über Buffalo Bill vorzulesen.«

Ich drehte mich um und ging. Ich glaubte, Großvater würde sich ärgern. Doch als ich den Kopf wandte, sah ich, dass er lächelte.

»Gut so«, sagte er. »Dieses Temperament hast du von mir geerbt. Aber dafür heißt du ja auch Gottfrid, genau wie ich.«

»Und das ist deine Schuld«, sagte ich. »Mein Bruder durfte Gustaf heißen, wie Opa. Und darum musste ich so heißen wie du.«

Dann verzog ich mich in unsere zugige Hütte und kroch unter meine Decke. Nach einer Weile kam Percy hinterher. Er putzte sich die Zähne, spuckte aus und schlüpfte in den Trainingsanzug, den er als Schlafanzug benutzte.

»Bauen wir morgen ein Floß?«, fragte er. »So eins, wie du gebaut hast, als du klein warst. Aus Plastikkanistern und alten Brettern.«

Ich tat so, als würde ich ihn nicht hören.

»Dann vergisst du vielleicht, so idiotisch sauer zu sein«, sagte er.

Ich antwortete nicht, machte mir nur die Nägel sauber.

»Kannst du nicht antworten?«

Ich bohrte den Kopf ins Kissen.

»Dann eben nicht«, sagte Percy. »Ein bisschen Stille tut auch mal ganz gut. Und glaub ja nicht, dass ich jetzt aufhöre, dein Freund zu sein. Gute Nacht, Gottfrid!«

Ich tat, als wäre ich stumm, und blickte in den Himmel hinauf.

Percy schlief fast sofort ein. Ich selbst lag da und sah,

wie die Wolken sich wie ein Berg aus großen schwarzen Steinen am Horizont auftürmten. Nach einer Weile stand ich auf. Zuerst glaubte ich, ich müsste nur pinkeln.

Doch dann merkte ich, dass ich ins Dorf unterwegs war.

Ich kletterte vor Pias Haus auf einen Ahorn, setzte mich auf einen Ast und spähte mit Großvaters Fernglas in ihr Fenster.

Die Nachttischlampe war an. Pia lag in ihrem Bett und las in einer Zeitschrift. Sie hatte ein weißes Nachthemd mit blauen Blumen an. Auf der Kommode neben ihrem Bett stand ein Koffergrammofon aus Plastik. Ab und zu drehte sie an einer Haarsträhne, als würde sie etwas überlegen. Und durch den schmalen Fensterspalt sang Elvis Presley mir mit seiner schmalzigen Stimme vor:

»Are you lonesome tonight?«

Ja, das war ich. In keiner anderen Nacht war ich bisher so einsam gewesen.

Außer mir und einem Schwarm Mücken war niemand da.

»Lieber Gott, lass sie aufstehen und mich anlächeln«, betete ich. »Lieber Gott, mach, dass sie mich sieht und mich in ihr Zimmer winkt und mir einen Kuss gibt und sagt, dass sie nur mich mag. Lass ein Wunder geschehen! Oder ist das zu viel verlangt?«

Vermutlich schon, denn an Stelle einer Antwort ließ Gott es regnen. Und nachdem Elvis zu Ende gesungen hatte, löschte Pia das Licht, ohne noch mal aufzustehen. Aber ich blieb noch eine Stunde auf meinem Ast sitzen und ertrug es, dass Gott mich mit Wasser überschüttete.

Allerdings wurde ich dabei immer miesepetriger und sauertöpfischer.

Ich kriege eine niederschmetternde Antwort und höre die Musik der Liebe

Am nächsten Tag war mein ganzer Körper übersät von beißenden Mückenstichen, die ich aufkratzte. Außerdem hatte ich mir einen Schnupfen geholt. Im Laufe des Vormittags fügte ich vier Teile des Puzzles zusammen, das Mama für den Fall mitgenommen hatte, dass sie mal Zeit übrig hätte. Doch das hatte sie nie. *Himmel und Meer* hieß das Puzzle.

Es bestand aus zweitausend Teilen in verschiedenen Blautönen.

Percy mochte nicht einmal hinschauen. Er lag auf dem Bauch und übte Trockenschwimmen. Er schwamm vom Esszimmer zum Achtersalon. Danach schwamm er in die Küche, wo er von Mama einen Heringshappen bekam. Percy spielte, er sei ein Seehund, der verrückt nach Hering war.

»Bist du nicht bald fertig?«, rief er.

»Nein«, antwortete ich.

Ich wollte nicht aufhören. Ich wollte meine Gefühle in dem vielen Blau ertränken. Ich wollte an überhaupt nichts denken. Doch das war nicht so einfach. Irgendwie war ich in zwei Ulfs aufgespalten. In einen, für den es nichts Wichtigeres gab, als Pia zu treffen. Und in einen, der sie nie im Leben wiedersehen wollte.

»Woran denkst du?«, fragte Percy, nachdem er fünf Runden geschwommen war.

»An nichts Besonderes«, sagte ich.

»Stimmt ja gar nicht«, sagte er. »Du denkst an Pia.«

»Ja, das tue ich«, gab ich zu. »Ich überlege, ob ich mich nicht so verhalten soll wie Großvater.«

»Wie denn?«, fragte Percy.

»Sie nerven«, sagte ich. »Großmutter hat gesagt, sie hätte Großvater nur deshalb geheiratet, weil er so höllisch dickköpfig war. Vielleicht würde das ja hinhauen.«

»Glaub ich nicht«, sagte Percy. »Wie lange bleibt ihr noch hier?«

»Noch zwei, drei Wochen.«

»Dann schaffst du es kaum«, sagte er. »So was kann Jahre dauern.«

»Was soll ich denn sonst machen?«

»Ich werd mal mit ihr reden«, sagte Percy. »Sie ist ja nicht dumm. Und sie hört auf mich. Das hast du vielleicht gemerkt?«

»Ja, das hab ich«, sagte ich. »Aber was willst du ihr denn sagen?«

»Das ergibt sich«, sagte er. »Hab schließlich Uran im Gehirn!«

Er sah mich an und lächelte so überzeugend, dass ich zurücklächeln musste.

»Was ist? Sollen wir jetzt ein Floß bauen, oder was?«, sagte ich.

»Nein, jetzt gehen wir schwimmen«, sagte er. »Jetzt kann ich's nämlich!«

Aber vorher mussten wir was essen. Und danach mussten wir mindestens eine Stunde warten, bis wir ins Wasser gingen. Sonst würden wir einen Krampf kriegen und sterben, behauptete mein Vater. Während wir warteten, nagelten wir die letzte Wand unserer Hütte zusammen.

Wir gingen einige Schritte zurück und bewunderten unser Werk.

»Das hier ist die tollste Hütte, die ich je gebaut hab«, sagte ich.

»Ja«, sagte Percy. »Aber jetzt gehen wir schwimmen. Letzter im Wasser ist eine Flasche!«

Die Flasche, das war ich. Ich traute mich nämlich nicht, ungebremst den steinigen Pfad zum Steg hinunterzurennen. Ich war schon einmal dabei gestolpert und hatte mir die Brust aufgeschürft. Als ich jetzt ins Wasser tauchte, stand Percy bereits mit seinem Korkgurt um die Taille auf dem schlammigen Grund.

»Schau mal«, sagte er, als ich den Kopf aus dem Wasser streckte.

Dann machte er drei perfekte Schwimmzüge, ohne den Grund zu berühren.

»Was sagst du jetzt?«, fragte er stolz und spuckte Wasser aus.

»Unglaublich, aber wahr«, sagte ich.

»Jetzt spendier ich einen Kalten Hund«, sagte er. »Denn das hab ich mir verdammt noch mal verdient. Und du auch!«

»Und woher willst du den nehmen, wenn ich fragen darf?«

»Ich kaufe Eier, Butter und Kakao und backe ihn selbst«, erklärte er. »Dann schmeckt er sowieso am besten. Oder was sagst du zu dem, den ich dabeihatte, als ich ankam?«

»Hat sagenhaft geschmeckt«, sagte ich. »Aber du hast doch gesagt, der sei von deiner Mutter.«

»Was man so alles sagt«, sagte Percy. »Jetzt zieh ich den Korkgurt aus!«

Damit warf er den Gurt auf den Steg. Dann schwamm er unter Wasser, bis Klas kam, sich auf den Steg setzte und mit den Zehen wackelte.

»Bade doch in Unterhose«, sagte Percy. »Hier im Wasser ist es echt super.«

»Nachher gehen wir zum Einkaufen zu Ströms Laden«, sagte ich. »Percy will uns einen Kalten Hund backen.«

»Und den verputzen wir dann in unserer Hütte, die ist inzwischen nämlich fast fertig«, sagte Percy. »Los, hüpf rein!«

Da schüttelte Klas mit düsterer Miene den Kopf.

»Geht nicht«, sagte er. »Meinem Vater ist was Neues eingefallen. Wir sollen eine Woche lang mit unserem Boot durch die Gegend segeln und nur von dem leben, was die Natur zu bieten hat. Und zwar, um zu feiern, dass ich die Wissenschaft entlarvt hab. Wir sollen Überleben lernen.«

»Wie denn?«, wollte ich wissen.

»Wir sollen Kreuzottern und Tannennadeln futtern und so Zeug«, sagte Klas. »Aber jetzt muss ich los, mein Vater wartet im Boot. Tschüs, Jungs.«

»Tschüs, Klas«, sagte ich. »Hoffentlich überlebst du das.«

»Wir heben dir ein Stück vom Kalten Hund auf«, versprach Percy.

Kurz darauf stiegen wir aus dem Wasser und liefen zum Haus zurück, wo Percy aus seiner Reservekasse, die in einem Strumpf in seinem Koffer lag, Geld holte. Als wir dann zum Laden loszogen, hob Papa den Kopf von dem Buch, das er las.

»Und wohin des Wegs?«, fragte er.

»Zum Laden. Warum?«, sagte ich.

»Ich wollte bloß wissen, was ihr so treibt«, sagte er. »Aber wenn ihr schon zum Laden geht, könnt ihr mir auch gleich ein *Kreuz und Quer* besorgen.«

Er gab mir zehn Kronen und sagte, das Restgeld dürfe ich behalten.

Percy besorgte alles, was er benötigte, und außerdem noch einen zottigen feuerroten Teppich, der seiner Meinung nach gut in unsere Hütte passen würde. Ich erstand Papas Kreuzworträtselheft, einen Käse, der in eine extra Papiertüte eingepackt war, und zwei Becher herrliches Bananeneis.

»Mmmm«, sagte Percy. »Bald kann ich zwanzig Meter schwimmen.«

»Mmmm«, sagte ich.

Auf dem Heimweg aßen wir unser Eis auf. Im Gebüsch zwitscherten Vögel. Und ein Mopedfahrer landete fast im Graben, als wir die Tüte für den Käse aufbliesen und im selben Moment, als das Moped vorbeifuhr, mit einem Knall platzen ließen. Seit dem Baden fühlte ich mich fast wieder richtig glücklich und für kurze Zeit vergaß ich, wie unglücklich ich eigentlich war.

Doch dann, als wir am Tanzboden vorbeigingen, tauchte Pia auf.

Sie kam mit flatternden Haaren angeradelt und bremste neben uns.

»Hallo«, sagte sie. »Das war doch klasse gestern Abend, oder?«

»Es geht so«, sagte ich.

»Morgen zeigen sie einen Film«, sagte sie zu Percy. »Wollen wir uns den anschauen? Ulf kann ja auch mitkommen. Es ist ein Liebesfilm, in dem beide nackt sind. Nicht jugendfrei!«

Im Sommer wurde jeden Montagabend beim Tanzboden ein Film gezeigt. Über dem Orchesterpodium wurde eine weiße Leinwand herabgelassen und das Beste war, dass es den Türwächtern egal war, ob ein Film jugendfrei war oder nicht.

Das Plakat hing deutlich sichtbar am Zaun. *Sie tanzte nur einen Sommer* hieß der Film. Ein abschreckender Titel. Und das Bild war noch schlimmer. Eine junge Frau, die einen jungen Mann auf eine alberne, verliebte Art anlächelte.

»Mal sehn«, sagte Percy. »Aber vorher möchte ich dir noch was sagen.«

»Aha. Und was denn?« Pia lachte.

»Das ist nichts zum Lachen, weil es etwas mit Liebe zu tun hat«, sagte Percy.

»Sag's nicht«, bat ich, weil ich deutlich spürte, wie schief das gehen musste.

»Doch, sag's ruhig. Wahrscheinlich fühle ich ja das Gleiche«, sagte Pia.

Sie lächelte genauso albern wie die Frau auf dem Plakat und sah aus, als wollte sie tatsächlich zuhören.

»Ulf ist in dich verliebt«, teilte Percy mit. »Er denkt immerzu an dich. Könntest du nicht seine Freundin werden?«

Pia sah zuerst Percy an und dann mich.

»Warum sollte ich?«

»Weil es keinen Besseren gibt«, sagte Percy. »Glaub mir! Seit drei Jahren ist er mein bester Freund. Anfangs hab ich gedacht, das ist bloß so ein verwöhnter dicklicher Kerl, der nicht besonders helle ist und nicht besonders viel erlebt hat. Aber dann hab ich ihn richtig kennen gelernt. Und da hab ich festgestellt, dass er der beste Scheißkerl auf der Welt ist!«

»Das spielt keine Rolle«, sagte sie. »Bin schließlich nicht verliebt. Nicht in ihn.«

»Aber trotzdem«, sagte er. »Das kommt schon noch. Glaub mir.«

Da musterte Pia mich von den Haaren bis hin zu meinen sandalenbekleideten Füßen. Dann schüttelte sie den Kopf.

»Tut mir Leid, Ulf, das geht nicht«, sagte sie. »Das begreifst du doch. Das ist unmöglich.«

»Was soll das heißen – unmöglich?«, sagte ich. »Wie sehr unmöglich denn?«

»Ganz und gar unmöglich«, erklärte sie. »So unmöglich, wie die Sandkörner in der Sahara zu zählen oder die Ostsee auszutrinken oder auf Blacky zu reiten.«

»Blacky«, seufzte ich und begriff, wie unmöglich es war.

Dann schwang sie sich aufs Rad und warf Percy einen Blick zu.

»Warum hast *du* mich nicht gefragt«, sagte sie und radelte davon.

Ich nahm ein Ei aus Percys Einkaufstüte und schleuderte es mit aller Kraft gegen die Schauspielerin auf dem Plakat.

»Beschissene Scheißliebe!«, schrie ich.

»Gib nicht auf«, sagte Percy und legte mir den Arm um die Schulter.

Aber worauf konnte ich schon hoffen?

Als wir nach Hause kamen, mauerte Großvater gerade ein paar lose Steine in dem Mäuerchen fest, auf das er das Waschbecken zu stellen pflegte, wenn er sich im Freien rasierte. Ich schlich zu dem großen schwarzen Stein hinüber und lehnte meine heiße Stirn daran, genau wie Großvater es immer tat, wenn er traurig war. Ich dachte, vielleicht würde das helfen.

Doch das tat es nicht. Es wurde fast noch schlimmer.

Ich wurde von urzeitlicher Kälte und Schwere erfüllt.

Da kam Großvater. Er packte mich am Nacken und zog mich weg.

»Das ist kein Platz für dich. Was ist denn los, Ulf Gottfrid?«

»Ach, nichts«, sagte ich.

Großvater schaute mir in die Augen und sah all die Tränen, die sich dort verbargen, wie ein See aus lauter Trauer, den ich nicht rauslassen wollte.

»Doch, irgendwas ist es«, sagte er mit einer weichen Stimme, die ich fast nicht wiedererkannte.

»Lass mich in Ruhe«, sagte ich.

»Er ist unglücklich verliebt«, erklärte Percy. »Das ist der Grund.«

»Au verflixt«, sagte Großvater. »Wie lange bist du das schon?«

»Seit über einer Woche«, sagte ich.

»Du armer Teufel«, sagte Großvater.

Dann erzählte er von sich und Großmutter. Wie er sie getroffen hatte, als sie eine junge Frau war. Damals wohnte sie hier auf der Insel, war aber mit dem Schiff in die Stadt gekommen. Sie hatte Haare, die glänzten, als wären sie von der Sonne selbst gebürstet worden. Und er verliebte sich auf der Stelle, peng. Da konnte man gar nichts machen.

»Einfach so«, sagte Großvater und schlug die Hände mit einem Knall zusammen. »Und seither hat es nicht aufgehört. Obwohl ich mir das schon unzählige Male gewünscht hätte, das kann ich euch sagen. Sie hat mich nämlich nie auf dieselbe Art gern gehabt. Und damit zu leben ist schwer. Immer, wenn ich diesen verteufelten Stein sehe, muss ich daran denken. Eines Tages werde ich ihn packen und ans Ende der Welt werfen!«

»Den kann doch kein Mensch hochheben«, sagte Percy. »Jedenfalls niemand, der so klein und dick ist und so alt wie du.«

»Da hast du vielleicht Recht«, sagte Großvater und verzog den Mund einen Millimeter nach oben.

Ich lehnte meinen Kopf an Großvaters Bauch und hörte die Zeit ticken. Das war die goldene Uhr in seiner Westentasche. Ich dachte daran, wie lange einzelne Minuten dauern, wenn man traurig ist. Und wie es dann erst sein musste, wenn man ein ganzes Leben lang traurig war!

»Was soll ich machen, Großvater?«, fragte ich.

»Geh rein und hol uns was zu trinken«, sagte er. »Dann warten wir, bis es dunkler wird.«

Wir setzten uns mit je einem Glas Milch auf die Treppe vor dem Haus und sahen, wie das Blau des Himmels allmählich in Violett überging. Die Schatten wurden schwärzer und länger. Und die Schmetterlinge im Blumenbeet schlossen ihre Flügel für die Nacht.

»So, und jetzt gehen wir in die Werkstatt«, erklärte Großvater.

»Und warum?«, fragte ich.

»Das werdet ihr schon sehen.«

Wir holten eine Brechstange.

Dann gingen wir durchs Heidekraut bis an die Stelle, wo der Fels steil ins Wasser der Bucht hinabstürzte. Schön war es hier. Man sah bis zum Horizont, davor ließ der Leuchtturm sein blinkendes Licht in alle Richtungen kreisen. Manchmal kam Großmutter hierher, um still dazusitzen, zu rauchen und die Natur zu genießen.

»Jetzt warten wir noch einen Moment«, sagte Großvater.

Also setzten wir uns neben ein paar große Felsbrocken, sahen aufs Wasser hinaus und lauschten den abendlichen Geräuschen. Ein Tanker zog mit leuchtenden Laternen vorbei. Als er in den dunklen Himmel hinein verschwand, war es Zeit.

Großvater stand auf. »So, Jungs, jetzt packen wir's an!«

»Was denn?«, fragte ich.

Darauf antwortete er nicht.

Stattdessen nahm er die Brechstange und rammte das eine Ende unter den größten Stein.

»Fasst mit an und haltet den Mund!«, befahl er.

Wir drückten die Brechstange mit aller Kraft nach unten, bis ein leises Knirschen aus der Erde drang. Und schließlich gelang es uns, den Stein Zentimeter für Zentimeter auf den Felsrand zuzubewegen. Dort blieb er ein paar Sekunden lang hängen und schien zu zögern, als wäre ihm schwindelig geworden.

»Jetzt!«, brüllte Großvater.

Er keuchte vor Anstrengung. Ich selbst drückte so fest zu, dass mir rot vor Augen wurde. Und da begann der Stein hinabzurollen, erst langsam, doch dann immer schneller. Er prallte gegen die Felswand, riss Moos und Erde mit sich, krachte durch Büsche und Gestrüpp, versprühte beim Hinabdonnern Funken. Es war wie ein Feuerwerk.

Großvater legte mir eine Hand auf die Schulter.

»Hörst du das!«, rief er. »Hörst du DIE MUSIK DER LIEBE?«

»Ja«, sagte ich, obwohl ich keine Ahnung hatte, was er damit meinte.

Schließlich landete der Stein mit lautem Klatschen im Wasser. Dann glätteten sich die Wellen und es wurde still.

»So, das wär's, Jungs. Jetzt gehen wir nach Hause«, sagte Großvater. »Na, Ulf, fühlst du dich jetzt besser?«

»Vielleicht ein bisschen«, sagte ich, wusste aber nicht, ob das stimmte.

»Gut«, sagte Großvater.

Wir trugen die Brechstange in die Werkstatt zurück

und gingen dann ins Haus. Großmutter saß am Fenster und blickte auf die Bucht. Sie schnäuzte sich in ihr Taschentuch.

»Wozu sollte das denn gut sein?«, fragte sie.

Da verzog sich Großvater in seine Kajüte.

»Gute Nacht«, sagte er.

»Gute Nacht«, sagten wir.

Ich ging zu unserer Hütte hinauf. Percy wollte gleich nachkommen. Es dauerte eine geschlagene Stunde, doch dann brachte er einen frischen Kalten Hund mit und eine Thermoskanne mit heißer Schokolade. Wir stellten sie auf den feuerroten Teppich und aßen und tranken, während Gott seine Millionen von Sternen anzündete. Wir schwiegen und gingen schweigend zu Bett.

Als ich die Augen zumachte, hatte ich immer noch das Dröhnen der Musik der Liebe in den Ohren und sah vor meinem inneren Auge die Funken in den Himmel stieben. Es war ein langer Tag gewesen.

Ich wollte gerade einschlafen, da setzte Percy sich auf und schüttelte mich am Arm.

»Denkst du immer noch an Pia?«, fragte er.

»Ja«, sagte ich.

»Das tu ich auch«, sagte Percy. »Schlaf jetzt und mach dir keine Sorgen.«

Doch da konnte ich nicht mehr schlafen.

Ich warf mich hin und her und schlief erst ein, als der Mond verblasst und zu einer Schlaftablette geschrumpft war.

Mir ist düster zu Mute, aber Percy ist bester Laune

Als ich am nächsten Morgen aufwachte, war Percy verschwunden.

Sonst blieb er meistens gerne lange liegen, mit einem Kissen auf dem Bauch und den Händen unterm Kopf. Aber jetzt war dort, wo er geschlafen hatte, nur eine Mulde in dem flauschigen Teppich zu sehen. Ich wartete eine Weile, für den Fall, dass er bloß zum Pinkeln gegangen war.

Dann stand ich auch auf.

Die Sonne sandte gerade ihre ersten Strahlen über die Kiefernwipfel, in den Spinnennetzen leuchteten die Tautropfen wie Mamas Diamanten.

Zuerst machte ich eine Runde durch den Wald. Doch dort war Percy nicht, auch nicht im Holzschuppen, unten am Ufer oder in der Werkstatt. Drinnen im Haus schliefen noch alle, bis auf Großmutter. Sie saß im Morgenrock, mit offenen Haaren, auf ihrem üblichen Stuhl, blickte auf den Frühdunst hinaus, der über der Bucht lag, und genehmigte sich die erste Zigarette des Tages. Sie hatte das Fenster halb geöffnet und eingehakt und blies den Rauch durch den schmalen Spalt hinaus.

»Guten Morgen, Großmutter«, sagte ich.

»Na, du bist aber früh auf heute«, sagte sie.

»Ja, ich bin aufgewacht und konnte dann nicht mehr einschlafen.«

»Das hier ist mein Lieblingsstündchen«, sagte Großmutter, ohne die Augen vom Morgendunst zu wenden. »Bevor das Leben richtig erwacht ist. Möchtest du Kaffee?«

»Ja, gern.«

»Dann kannst du ihn schon mal mahlen, während ich meine Zigarette zu Ende rauche.«

Normalerweise durfte ich keinen Kaffee trinken, weil der Koffein enthielt, und das sei ein Gift, pflegte Papa zu sagen. Doch das kümmerte Großmutter wenig. Und mir schmeckte er, vor allem mit viel Sahne und Zucker. Aber noch lieber hatte ich den Duft, der entstand, wenn die schwarzbraunen Bohnen in der Kaffeemühle gemahlen wurden, und das krachende Geräusch, das die Kurbel mit dem kleinen Holzknopf beim Drehen erzeugte.

»So, und jetzt kochen wir ihn«, sagte Großmutter.

Das taten wir. Und dann tranken wir ihn auf dem Balkon, und weil ich Käse über die Maßen liebte, aß ich ein Käsebrot dazu.

»Diese Stunde habe ich immer ganz für mich«, sagte Großmutter. »So frisch wie jetzt ist die Luft sonst nie. Und die Natur ist jetzt auch am allerschönsten. Wo hast du denn deinen kleinen Freund gelassen?«

»Weiß nicht«, sagte ich. »Ich kann ihn nirgends finden.«

»Wahrscheinlich macht er nur einen Spaziergang. Er

ist wie dein Großvater, hat keine Ruhe, um stillzusitzen. Bestimmt kommt er bald zurück.«

»Ja, wahrscheinlich«, sagte ich.

Danach sagten wir nicht mehr viel, denn Großmutter war am liebsten still. Zwei Eichhörnchen benutzten die Gelegenheit, in den Kiefernwipfeln Fangen zu spielen, während Großvater schlief. Im Kirschbaum saß eine Krähe und hackte Löcher in die Kirschen. Eine Möwe, die Blaubeeren gefressen hatte, schiss einen lila Fleck auf die Gartenbank, die Großvater vor kurzem frisch gestrichen hatte.

Es gefiel mir, so schweigend neben Großmutter dazusitzen. Aber gleichzeitig musste ich daran denken, wie viel Großvater dafür gegeben hätte, um hier an meiner Stelle zu sitzen, ihr Lächeln mit den Lachfältchen in den Augenwinkeln zu sehen und ihr gurrendes Lachen über den Unfug, den die Natur anstellte, hören zu dürfen.

Das Leben ist nicht besonders gerecht, dachte ich.

»Das Leben ist nicht besonders gerecht«, sagte ich.

»Vielleicht nicht«, sagte Großmutter. »Aber irgendein Sinn wird wohl dahinterstecken.«

Großmutter und ich blieben sitzen, bis wir den Lehrer im benachbarten Schulhaus husten und spucken hörten. Dann begann er einen neuen Trauerchoral auf dem Klavier einzustudieren. Er klimperte so laut, dass jedem klar sein musste: Wer noch etwas ausrichten will, bevor er stirbt, muss jetzt schleunigst aufwachen.

Die Hühner fingen an zu gackern, die Schnecken spurteten los und Papa kam gähnend im Nachthemd heraus, um zu pinkeln. Er rief zum Balkon hinauf, ob ich Lust hätte, mit ihm Morgengymnastik zu machen.

»Nein, vielen Dank«, rief ich. »Ich muss zu unserer Hütte und nachschauen, ob Percy inzwischen zurückgekommen ist.«

»Gut, mach, wozu du Lust hast«, sagte Papa.

Als ich kurz darauf am Holzschuppen vorbeiging, stand Papa auf der Wiese und machte Rumpfbeugen. Dann federte er auf und ab und wedelte mit den Armen, dass die Nachthemdärmel flatterten. Wenn Percy da gewesen wäre, hätte ich gesagt, Papa erinnere an einen Engel mit Flugproblemen. Und dann hätte Percy gegrinst.

Aber jetzt war er nicht da.

Er tauchte erst eine Stunde später wieder auf, als Mama das eigentliche Frühstück unterm Sonnenschirm aufgetischt hatte: Butter, Hering, Fleischbällchen, Eierhälften, Rote-Bete-Salat, zwei Sorten Brot, Käse, Dickmilch, Kaffee und Milch. Percys Hosen waren hinten aufgerissen. Am einen Knie hatte er eine frische Schürfwunde, insgesamt wirkte er unverschämt froh und zufrieden.

»O Mann, hab ich einen Kohldampf!«, rief er.

»Wo bist du gewesen?«, fragte ich.

Er lächelte. »Das verrate ich nicht.«

»Hast du jemanden getroffen?«, beharrte ich.

»So kann man das vielleicht nennen«, antwortete er. »Das sieht ja superlecker aus hier!«

»Wen denn?«, fragte ich.

»Will ich auch nicht verraten.«

Er setzte sich und bestrich ein Brot dick mit Butter.

»Ist doch klar!«, sagte mein Bruder. »Was glaubst du denn? Er ist natürlich im Dorf gewesen und hat Pia geküsst!«

»Als ob mir das was ausmachen würde!«, sagte ich. »Danke fürs Frühstück!«

»Willst du nicht noch ein Wurstbrot und etwas Rote Bete?«, fragte Papa. »Du musst doch tüchtig essen.«

»Nein, ich werd mich zu Tode hungern«, erklärte ich.

Damit stand ich auf, obwohl ich nur ein klägliches Knäckebrot mit Käse und Gurke zu mir genommen hatte. Ich ging in den Achtersalon, schloss die Tür und presste meine heiße Stirn an den Boden.

Ich war nämlich seekrank, obwohl ich an Land war.

Kurz darauf kam Percy herein.

»Scher dich nicht um deinen Bruder. Der will dich doch bloß ärgern«, sagte er. »Komm, wir bauen ein Karussell. Ich hab ein Kugellager in der Werkstatt gefunden. Dann verkaufen wir dem Kleingemüse Eintrittskarten und verdienen eine Menge Kohle!«

»Nö«, sagte ich. »Du kannst von mir aus machen, was du willst. Ich geh jedenfalls raus.«

Jeden Morgen war es dasselbe. Als ich aufwachte, war Percy verschwunden. Zum Frühstück tauchte er wieder auf, freudestrahlend und mit neuen Wunden. Einmal war es eine aufgeschürfte Wange, am nächsten Tag war es ein verstauchter Fuß. Dann hatte er einen Biss an der Schulter. Und danach eine Schürfwunde am Bauch!

Wie hat er sich die bloß geholt, fragte ich mich.

Das wollte Papa auch wissen. Er musste seine Lesebrille aufsetzen und die Wunde untersuchen. Dann nahm er eine Flasche Jod aus dem Medizinschrank.

»Was um Himmels willen hast du denn angestellt?«, fragte er.

»Will ich nicht verraten«, antwortete Percy.

»Nun, ich kann dich nicht zwingen«, sagte Papa. »Aber sei in Zukunft etwas vorsichtiger. Das hier wird ganz schön brennen.«

»Macht nichts«, sagte Percy.

Ich sah zu, als Papa das Jod mit einem Wattebausch über die Haut strich. Der ganze Bauch nahm eine goldbraune Färbung an. Percy biss die Zähne zusammen und verzog das Gesicht. Da musste ich unwillkürlich an meine rechte Augenbraue denken, an den Nesselausschlag und die vielen Schmerzen, die die Liebe mir zugefügt hatte.

»Geschieht dir recht«, sagte ich, als Papa mit seiner Flasche gegangen war.

»Wieso denn das?«, fragte Percy.

»Stell dich nicht dumm«, sagte ich. »Denn das bist du nicht, das weiß ich. Besser, du packst deine Sachen und haust mit dem nächsten Schiff ab!«

»Ist das dein Ernst?«, fragte er.

»Ja«, sagte ich.

»Nein, Ulf, das werd ich nicht tun«, sagte er. »Ich werde nicht wegfahren, wenigstens vorläufig nicht. Siehst du das hier?«

Er hielt mir seinen linken Daumen hin.

»Siehst du das?«

»Ja«, sagte ich.

Ich sah die schmale Narbe, die das Messer hinterlassen hatte, nachdem wir unser Blut gemischt hatten.

»Wir sind Blutsbrüder«, sagte er. »Und Blutsbrüder lassen einander nicht im Stich. Aber wenn du allein sein willst, kannst du dich von mir aus gerne ein Weilchen verziehen.«

Was sollte ich darauf schon sagen?

Ich hielt meine Daumennarbe an seine.

»Bis nachher«, sagte ich.

Ich überlegte, ob ich vielleicht einen Liebesbrief schreiben sollte. Wie ich wusste, hatte Papa Liebesbriefe an Mama geschrieben, als er jung war. Und das war ja gut gegangen. Also nahm ich einen Stift und einen Schreibblock und ging hinaus, um allein zu sein.

Ich ging einfach los, erst einmal in die Richtung von Großmutters Geburtshaus, um Zeit zum Nachdenken zu gewinnen.

Unten auf der Wiese beim Hafen stand immer noch der Mittsommerbaum, obwohl die Blumen der Kränze schon längst verwelkt waren. Hier musste man jedes Jahr an Mittsommer Sackhüpfen machen und mit einem Löffel im Mund, auf dem eine Kartoffel lag, um den Baum rennen. Wer zuerst ins Ziel kam, bekam einen Preis, meistens irgendwelche Süßigkeiten. Jetzt waren Leif und seine kleine Schwester dort. Die Kleine tapste mit einem Löffel im Mund umher und stolperte immer wieder, weil sie noch kaum Laufen gelernt hatte.

»Hallo, Ulf«, sagte Leif. »Ich übe schon mal mit meiner kleinen Schwester für nächstes Jahr. Sie ist eine echte Begabung. Garantiert gewinnt sie nächstes Jahr eine Tafel Schokolade. Dann krieg ich die Hälfte. Machst du mit?«

»Nein, ich muss allein sein und nachdenken«, sagte ich.

Großmutters Geburtshaus war ein rotes Häuschen mit einem Blechdach. Es hatte nur ein einziges Zimmer und eine Küche. Dort hatte Großmutter mit ihren Eltern und fünf Schwestern gelebt. Ich schaute es eine Weile an und dachte: Komisch, dass sie hier aufgewachsen ist, wo sie doch immer so vornehm wirkt. Dann zog ich weiter.

Ich kam an einem Hof vorbei, wo Bengt und Ulf E. einen Fußball hin und her kickten und versuchten, ihn so lange wie möglich in der Luft zu halten.

»Machst du mit?«, fragte Bengt.

»Nein, ich brauch meine Ruhe, weil ich nachdenken will«, erklärte ich.

»Viel Erfolg«, sagte Ulf E.

Ich ging zum Leuchtfeuer hinauf, das hoch oben auf einem Felsen lag, von wo aus man in alle Richtungen schauen konnte. Bestimmt ein Platz, der sich besonders gut zum Denken eignet, sagte ich mir. Das Leuchtfeuer bestand aus mehreren aufgerichteten Stöcken, die sich wie bei einem Wigwam aneinander lehnten. Ganz oben thronte ein Teerfass, in dem man Feuer machen konnte, falls fremde Kriegsschiffe kämen.

Aber jetzt gerade fuhren nur ein paar Freizeitboote vorbei.

Ich setzte mich auf den Felsen und holte den Block und den Stift hervor.

Was sollte ich schreiben?

Ich schrieb:

Geliebte Pia! Ich kann an nichts anderes denken als an dich. Das ist ziemlich anstrengend. Darum möchte ich dich bitten, es dir noch einmal zu überlegen und meine Freundin zu werden, obwohl du es nicht willst. In ein paar Jahren hast du dich bestimmt daran gewöhnt.

Für immer und ewig dein Ulf.

Ich lachte, obwohl ich nicht froh war. Dann löste ich das Blatt vom Block und zerriss es in tausend kleine Fetzen, die ich dem Wind überließ. Sie flatterten davon, zur Post, zum Laden, zur Bäckerei und zum Friedhof.

Meine Hoffnungslosigkeit schneite auf die ganze Insel herab.

Ich wartete, bis Pia auf dem Weg zum Einkaufen auf der Landstraße vorbeigeradelt war. Ihr Anblick versetzte mir einen Stich. Als sie außer Sichtweite war, ging ich nach Hause. Im Schulhaus saß der Lehrer schon wieder am Klavier und ließ seine Finger wild drauflosshämmern.

»*Öffne dein Fenster, lass Sonne herein*«, sang er bei offenem Fenster.

»ICH FINDE, DU SOLLTEST DEINS LIEBER SCHLIESSEN!«, schrieb ich auf einen Zettel, den ich ihm in den Briefkasten steckte.

Dann suchte ich nach Percy. Ich fand ihn in der Werkstatt, wo er über die Werkbank gebeugt stand und mit Pechdraht zwei Karabinerhaken an den Enden eines Lederriemens festnähte. Als ich hereinkam, legte er die Sachen zur Seite.

»Geht's jetzt besser?«, erkundigte er sich.

»Nein«, sagte ich. »Was soll das da werden?«

»Das möchte ich lieber nicht verraten.«

»Hat es was mit Pia zu tun?«

»Das kann man vielleicht sagen«, antwortete er. »Aber jetzt reden wir nicht mehr über Pia.«

»Gut«, sagte ich. »Jedenfalls bin ich froh, dass du nicht abgereist bist.«

»Ja«, sagte Percy. »Morgen wird nämlich alles besser.«

»Glaub ich nicht«, sagte ich. »Aber jeder Tag hat seine eigene Plag.« Ich weiß nicht, woher ich diesen Spruch hatte, nur dass ich irgendwie fand, er mache was her. Percy legte das Werkzeug zurück, dann gingen wir zum Strand und warfen Steine auf alte Konservendosen, was nicht besonders aufregend war. Aber es war trotzdem ein gutes Gefühl, etwas gemeinsam zu tun.

Percy sah aufs Wasser hinaus. Plötzlich schnalzte ein Hecht hoch. Die Ringe, die sich danach auf dem Wasser ausbreiteten, wurden unsere Zielscheibe. Percy warf einen Stein und traf genau in die Mitte.

»Zehn Punkte«, sagte er. »Wenn man nur ein Hecht wäre.«

»Warum das denn?«, fragte ich.

»Dann könnte man ohne Probleme zwanzig Meter schwimmen.«

Am Abend nahmen wir wieder in Großvaters Kajüte Platz. Ich saß am Fußende. Großvater lag auf dem Rücken. Sein Bauch wölbte sich unter der Decke wie die

Rocky Mountains. Percy saß neben Großvaters rundem Schädel auf einem Stuhl und las aus Buffalo Bill vor. Das siebte Kapitel mit dem Titel »Meine Abenteuer als Ponyexpressreiter« war eins der besten. Es fing so an:

Inzwischen war ich fünfzehn Jahre alt und mein Abenteuerhunger wurde immer größer. Ein paar wenige Monate hatten genügt, um mich meine Leiden in der Hütte und meinen Beschluss, mich nie mehr in die Grenzregionen zu begeben, vergessen zu lassen. Ich sah mich nach etwas Neuem um, das noch spannender war.

Percy las so, dass ich Zeit und Raum vergaß.

Buffalo Bill ritt durch die Rocky Mountains. Die Post, die er befördern sollte, trug er in einer wasserdichten Schultertasche. Die ganze Zeit wurde er von Indianern oder schrecklichen Straßenräubern verfolgt. Aber zum Glück entkam er ihnen jedes Mal. Tag für Tag sprengte er wie ein Blitz über die Prärie, stets auf der Flucht vor drohenden Gefahren.

Als es am allerspannendsten war, musste Percy auf den Lokus.

»Mann, hast du lang geschissen«, sagte ich, als er zurückkam. »Lies jetzt weiter.«

Und das tat er.

Er räusperte sich und las:

Sie schossen immer wieder auf mich. Aber mein Glück hielt an und ich kam mit heiler Haut davon. Mein Pferd war ein kalifornischer Schimmel, der schnellste im ganzen Stall. Ich stieß ihm die Sporen in die Seiten, duckte mich auf dem Pferderücken und nahm Kurs auf Sweetwater Bridge, das zwei Meilen entfernt lag.

»Herrje, was für ein Kerl«, brummte Großvater. »Und dabei war er erst fünfzehn.«

»Und ich bin erst zehn«, sagte Percy.

Dann erklärte er, er müsse jetzt schlafen gehen, weil er den morgigen Tag sonst nicht schaffen würde.

Das Unmögliche ist möglich, wird aber schnell wieder unmöglich

Am nächsten Morgen kam Percy noch später als sonst zum Frühstück.

Großvater hatte bereits angefangen, das Regenfass mit einer Stahlbürste auszubürsten. Das knirschte so abscheulich, dass es uns kalt über den Rücken lief und uns den Appetit verschlug.

»Bitte, liebster Vater«, sagte Papa. »Kannst du das nicht etwas später machen? Bei dem Krach kann ich nicht essen. Immerhin habe ich ja Urlaub.«

»Ich aber nicht, mein kleiner Prinz«, sagte Großvater. »Wir haben keine Zeit zu verlieren. Bald kommt nämlich ein ganz sakramentisches Gewitter!«

»Das ist wohl kaum anzunehmen«, wandte Papa ein. »Seht euch doch den Himmel an.«

Der Himmel war leuchtend blau. Nur zwei kleine weiße Wolkenbäusche waren zu sehen. Die Schwalben flogen hoch wie Träume. Und der Wind wehte trocken und lau.

»Hör auf Kurth und red keinen Unsinn«, sagte Großmutter.

»Du wirst noch dein blaues Wunder erleben«, sagte Großvater. »Und dann darfst du dir die Haare waschen.«

Großmutter liebte es, sich die Haare mit Regenwasser zu waschen, weil das so weich war. Und Großvater liebte es, ihre Haare hinterher anzuschauen. Das liebte ich auch, denn dann sahen sie aus wie Zuckerwatte, glänzend, weiß und luftig.

»Der Mensch denkt, Gott lenkt«, sagte Großmutter mit einem Lächeln. »Aber wenn tatsächlich ein Gewitter kommen sollte, dann musst du dir auch die Füße waschen. Denn das wäre wirklich nötig.«

In diesem Moment tauchte Percy auf. Seine Haare waren zerzaust, er hatte keinerlei Wunden und sah noch fröhlicher aus als sonst.

»Soll ich dir einen Rest Hafergrütze aufwärmen, Percy?«, fragte Mama.

»Nein danke, dafür haben wir keine Zeit«, erklärte er. »Komm, Ulf.«

Er zog mich vom Stuhl hoch.

»Wohin wollt ihr denn?«, fragte Papa.

»Wir gehen zu einem Liebestreffen«, teilte Percy mit, wo auch immer er das herhaben mochte.

Bevor wir davonflitzten, schnappte er sich einen Brotkanten und steckte ihn sich in die Tasche.

»Wohin gehen wir?«, fragte ich.

»Verrate ich nicht«, sagte er. »Ich sag nur eins: Du wirst ganz schön platt sein!«

Wir sprangen über die frischen Kuhfladen auf der Weide. Wir joggten an den Hühnern von Bauer Västerberg vorbei. Dann überquerten wir einen Stoppelacker, hüpften über einen Graben und danach ging es weiter, mitten ins Waldesdickicht hinein.

»Sind wir nicht bald da?«, keuchte ich.

»Doch, jetzt gleich«, sagte Percy.

Wir liefen noch ein paar Schritte. Dann blieb Percy stehen und schob einen Ast beiseite.

Und da war ich platt, aber wie!

Vor uns in der Lichtung stand ein schwarzes Pferd. Es war an einem Baum festgebunden und rupfte ganz friedlich das frische Gras ab. Ab und zu machte es einen Schritt nach vorn und schlug mit dem Schwanz, um ein paar Fliegen zu verjagen. Es war leuchtend blank und sauber und seine Mähne glänzte, als wäre sie mit Regenwasser gewaschen worden.

»Blacky«, flüsterte ich. »Ist das wirklich Blacky?«

»Ja, ist er nicht schön?«

Ich hätte schwören können, dass es sich gerade um einen Traum handelte, wenn ich nicht schon seit zwei Stunden auf den Beinen gewesen wäre und eine ordentliche Portion Hafergrütze zum Frühstück gegessen hätte.

Als Percy pfiff, hob Blacky den Kopf. Er wirkte kein bisschen wütend. Falls ein Pferd liebevoll gucken kann, dann guckte er so, als er Percy anschaute. Als er mich erblickte, legte er allerdings die Ohren an.

»Ist ja gut, ist ja gut«, sprach Percy auf ihn ein, worauf er sich sofort wieder beruhigte.

»Hast du ihn geklaut?«, fragte ich.

»Etwas, das lebt, kann man nicht besitzen«, erklärte Percy. »Das besitzt sich selbst. Also kann man es auch nicht klauen. Ich hab ihn bloß rausgeholt.«

»Wenn er mich anguckt, sieht er jedenfalls noch wütend aus«, sagte ich.

»Er wird sich schon an dich gewöhnen«, sagte Percy. »Wir müssen jetzt am Anfang noch ein bisschen vorsichtig sein, weil er dich ja noch nicht kennt. Aber wenn er sieht, dass du mein Freund bist, passiert schon nichts.«

Percy redete beruhigend auf das Pferd ein, während wir uns sachte näherten.

»So ist's fein, Blacky, mein Guter«, sagte er. »Das hier ist Ulf Gottfrid Stark. Wir sind alte Freunde. Und er ist der beste Kumpel auf der Welt, das darfst du mir glauben. Einmal, da hat er dafür gesorgt, dass es brennt, bloß damit ich die Feuerwehr zu sehen bekomme. Solche Kumpel wachsen nicht auf Bäumen. So, jetzt komm her und begrüß ihn und mach kein so saures Gesicht.«

Wir waren in einiger Entfernung von Blacky stehen geblieben.

Das Pferd starrte mich unruhig an. Dann schüttelte es den Kopf, als hätte es genug gesehen. Es kam her und legte seinen schweren Schädel auf Percys Schulter, um gestreichelt zu werden und den Brotkanten zu bekommen, der in Percys Tasche steckte. Aber vorher streckte es mir seine Nase entgegen und stupste mich ganz freundlich gegen die Brust, wie um zu zeigen, dass es eigentlich nichts gegen mich hatte.

»Na also«, sagte Percy. »Jetzt sind wir alle drei Freunde.«

»Was hast du gemacht?«, fragte ich. »Ist das hier nicht Blacky, das wütendste Pferd von ganz Schweden?«

»Doch. Klar ist es das. Aber inzwischen ist er nicht mehr so wütend. Das ist beinahe vorbei.«

»Wie hast du das gemacht?«, fragte ich.

»Ich hab mit ihm geredet«, sagte Percy.

»Worüber denn?«

»Über alles Mögliche«, sagte Percy. »Aber meistens über mich selbst, über meine Gedanken und Gefühle und so. Hab ihm erzählt, wie es war, als ich klein war, und ihm gesagt, was ich im Leben alles gut oder schlecht finde. Man muss über sich selbst reden, damit sie wissen, wer man ist. Dann hab ich ihm die Gegend gezeigt. Das gefällt ihnen nämlich. Was würdest du ihm am liebsten zeigen?«

»Vielleicht den Felsen beim Leuchtfeuer«, sagte ich. »Da hat man eine tolle Aussicht.«

»Gut, lass uns dorthin gehen«, sagte Percy.

Er legte Blacky die Zügel an, die er am Tag zuvor fabriziert hatte. Dann machten wir uns auf den Weg.

»Hier ist es!«, sagte ich.

»Au verdammt, ist das schön«, sagte Percy. »Siehst du das, Blacky?«

Percy und das Pferd sahen sich mit großen Augen um. Von hier aus konnte man so weit blicken, dass einem fast schwindelig wurde. Da und dort guckten kleine und große Felsen und Schären aus dem Wasser, damit es nicht allzu eintönig wurde. Mindestens drei Leuchttürme waren zu erkennen. An manchen Tagen sogar fünf.

»Das da nennt man Leuchttürme«, erklärte Percy dem Pferd und deutete hinüber. »Und dort hinten in der Bucht wohnen zwei Nudisten. Sind nicht besonders aufregend, aber trotzdem.«

Dann drehte er sich zu mir um.

»Wo liegt Südwesten?«

»In dieser Richtung«, sagte ich.

»Blacky, in dieser Richtung liegt Stureby«, sagte Percy. »Stureby, das ist der Ort, wo wir wohnen.«

»Du solltest mal vorbeikommen und uns besuchen«, sagte ich.

Da guckte Blacky in Richtung Stureby und schnaubte.

Auf diese Art unterhielten wir drei uns, Percy, Blacky und ich, während wir den Duft nach Sonne, Salz und Harz einsogen. Der Himmel war immer noch leuchtend blau, aber am Horizont zeigte sich ein wachsender schwarzer Rand.

Wir hatten Blacky den ganzen Weg zum Leuchtfeuer am Zügel geführt, obwohl Percy behauptete, man könne jetzt auf ihm reiten. Das habe er den ganzen Morgen gemacht. Und gestern auch. Aber es sei wohl doch besser, dass das Pferd sich noch ein Weilchen an mich gewöhnte, bevor ich mich auf seinen Rücken setzte.

»Was soll das heißen, mich auf seinen Rücken setzen?«, fragte ich. »Ich kann doch überhaupt nicht reiten.«

»Das musst du aber«, sagte Percy.

»Warum sollte ich?«

»Um der Liebe willen«, sagte er.

Dann erinnerte er mich daran, was Pia gesagt hatte. Sie hatte gesagt, es sei genauso unmöglich, dass sie sich in mich verlieben würde, wie dass jemand auf Blacky reiten könne.

»Und was bedeutet das?«, sagte er. »Das bedeutet doch, dass, wenn jemand auf Blacky reiten kann, sie sich auch in dich verlieben kann.«

»Ja, verdammt noch mal«, sagte ich.

Ich fluchte nicht gern. Aber soeben hatte Percy mit glasklarer Logik bewiesen, dass Pia trotz allem meine Freundin werden konnte. Am liebsten hätte ich ihn umarmt. Jetzt kapierte ich, wo Percy jeden Morgen gesteckt hatte. Er war bei Östermans im Stall gewesen. Dort hatte er sich seine Verletzungen geholt und Blacky beigebracht, ein friedliches Pferd zu werden. Percy war ein Heiliger, ein Wunderkind. Er war für immer mein Blutsbruder.

Was sagt man in so einem Fall?

»Danke«, sagte ich.

Dann wollte ich wissen, woher er so viel über Pferde wusste.

»Das hab ich in Skövde gelernt«, sagte er.

In Skövde hatte er neben einer Schlächterei gewohnt, in die alte und kranke Pferde gebracht wurden, die getötet werden sollten.

»Ich bin oft zu ihnen rübergegangen«, sagte Percy. »Sie standen auf einer Pferdeweide und sahen traurig aus. Und ich selbst war auch ziemlich traurig, weil ich in Skövde keinen Freund hatte. Aber der Mann, der die Pferde versorgte, hat mir wenigstens Reiten beigebracht. Die alten Klepper können etwas brauchen, das sie auf andere Gedanken bringt, sagte er immer.«

»Haben sie dann vergessen, traurig zu sein?«

»Eine Zeit lang vielleicht. Glaub ich schon. Aber erzähl Blacky jetzt, wie all die Inseln und Leuchttürme heißen, während ich dir auf seinen Rücken hinaufhelfe«, sagte Percy. »Bald kommt Pia nämlich die Landstraße entlang. Und dann müssen wir da sein.«

Wir warteten beim Tanzboden auf sie. Percy lehnte sich an das Filmplakat für den nächsten Montag. Und ich – ich konnte es selbst kaum glauben – saß auf Blackys Rücken, hinter einem dichten Gebüsch verborgen, damit man mich von der Landstraße aus nicht sah. Percy hatte uns dorthin geführt und dem Pferd beruhigend ins Ohr gesprochen, bevor er uns verließ.

Er kaute an einem Grashalm und sah zur Schule hinüber.

Ich streichelte Blacky am Hals und fühlte mich nervös.

»Bitte, bitte, lieber Blacky, bleib jetzt schön ruhig und werd ja nicht wieder so wie früher«, flüsterte ich. »Gleich kommt nämlich eine, die heißt Pia, und in die bin ich verliebt. Jetzt hängt alles von dir ab.«

»Hmmmm«, machte Blacky, als würde er sich räuspern, um etwas zu sagen.

Doch dazu kam er nicht. Durch die Büsche hindurch sah ich Percy auf die Straße hinaustreten. Und gleich darauf hielt Pia mit ihrem Fahrrad neben ihm an. Sie trug einen hellblauen Pulli.

»Hallo«, sagte sie.

»Hallo«, sagte Percy. »Hübscher Pulli, den du da anhast.«

»Findest du?«

»Ja«, sagte er. »Hübsche Farbe. Weißt du noch, als Ulf und ich dich letztes Mal hier getroffen haben?«

»Klar weiß ich das.«

»Da hast du gesagt, es sei genauso unmöglich, dass du seine Freundin wirst, wie dass jemand auf Blacky reiten kann. Weißt du das noch?«

»Natürlich«, sagte sie.

»Jetzt pass mal auf«, sagte Percy.

Dann pfiff er einmal leise und dann noch einmal lauter. Das war sein spezieller Blacky-Pfiff. Und sofort trabte Blacky mit mir auf dem Rücken ums Gebüsch und auf die Landstraße hinaus. Ich klemmte mich mit den Knien fest und hielt mich stocksteif. Pia riss die Augen auf und sah aus, als wollte sie schreien.

»Schrei nicht«, sagte ich. »Dann regt er sich vielleicht wieder auf.«

»Blacky«, sagte sie. »Ist das wirklich Blacky? Das ist unmöglich.«

»Nichts ist unmöglich«, sagte ich. »Du siehst es ja selbst. Jetzt kannst du meine Freundin werden.«

Ich lächelte. Vielleicht lächelte Blacky auch. Aber Pia sah mich mit ernsten Augen an.

»Na?«, sagte Percy.

»Nein«, sagte sie. »Tut mir Leid. Es geht trotzdem nicht.«

»Aber es ist doch bewiesen«, wandte ich ein.

»Es war fast wie ein Versprechen«, erinnerte Percy sie.

»Ja, aber so hatte ich es nicht gemeint«, sagte sie.

»Also nein«, sagte ich.

»Ja«, sagte sie.

Ich sah Percy an. Was würde er sagen? Er sagte nichts. Er schwang sich nur vor mir auf Blackys Rücken und nahm die Zügel. Es war hoffnungslos. Das sah ich jetzt ein. Schweigend ritten wir zu Östermans Stall zurück. Der Himmel wurde immer dunkler. Ich zwang mich dazu, mich nicht umzudrehen und hinter Pia herzuschauen.

Es war aus.

Was half es da schon, dass wir im Dorf als Helden gefeiert wurden, weil es uns gelungen war, Blacky zu einem normalen Pferd zu machen? Alle wollten uns auf den Rücken klopfen und fragten uns, wie wir es angestellt hatten, ihn zu zähmen. Österman wollte uns Schnupftabak anbieten. Großvater zog den Hut und verbeugte sich. Seine Glatze glänzte vor Stolz.

»Ihr seid mir verteufelt geniale Idioten, ihr beiden!«, sagte er.

Und ein größeres Lob kann man wohl kaum kriegen.

Aber wie soll man sich darüber freuen können, wenn einen die Person, die man liebt, nicht auch liebt?

Als es Abend wurde, fing der Wind aus purem Mitgefühl zu pfeifen an. Heulend kam er von dem schwarzen Horizont herübergefegt, atmete ein, zog die Wellen mit sich nach draußen, atmete dann mit voller Kraft aus und presste die Wellenkämme vor sich her auf den Strand zu, fauchte und spuckte Schaum.

Ich stand am äußersten Ende des Dampferstegs, durchnässt von Wind und Wasser, und schrie in das Tosen der Wellen alle Flüche hinaus, die ich im Lauf der Jahre von Großvater gelernt hatte. Und danach, was sollte ich dann rufen?

»Warum machst du so was?«, rief ich zum Himmel.

Da donnerte es dort oben wie von gigantischen Felsblöcken.

Gott ist kein bisschen friedlich, finde ich

Die folgenden Tage waren schwer und nass. Großvater hielt sich meistens in der Werkstatt auf, wo er alte, rostige Nägel gerade klopfte. Großmutter saß an ihrem Fenster. Mama heizte den Holzherd. Mein Bruder und der Sohn des Lehrers bauten ein Schiffsmodell aus Plastik. Und Papa hörte den Wetterbericht.

»Ruhe bitte! Jetzt kommt unsere Region!«, rief er.

Und genau da, mitten in das anhaltende Tief hinein, klopfte Klas an die Tür. Er sah etwas magerer aus als vorher, sonst war er unverändert.

»Bin wieder da«, teilte er mit. »Hab gehört, dass Pia dir einen Korb gegeben hat.«

»Wissen das etwa alle hier?«, stöhnte ich.

Ich hatte das Gefühl, ganz Schweden wüsste von meiner Blamage.

»Glaub schon«, sagte Klas. »Hab mir gedacht, dass dir die hier vielleicht Spaß machen.«

Er reichte mir eine Schachtel, die er in Geschenkpapier gewickelt hatte. Die Schachtel enthielt seine Sammlung toter Käfer.

»Mein Vater will sie sowieso nicht mehr im Haus haben«, erklärte er. »Vielleicht muntern sie dich ja ein bisschen auf. Jetzt können wir mit ihnen Krieg spielen.«

Wir teilten unsere Armeen auf dem Fußboden im Ach-

tersalon auf. Klas stellte eine Fliegergruppe aus Maikäfern, Mistkäfern, Marienkäfern und Blattwanzen zusammen. Percys Flotte bestand aus Gelbrandkäfern, Teichläufern und Hakenkäfern. Während General Stark seine Bodentruppen ordnete: Laufkäfer, Aaskäfer, Totengräber und ein Nashornkäfer.

»Und wie haben die Tannennadeln geschmeckt?«, erkundigte sich Percy.

»Nicht besonders«, sagte Klas. »Aber gebratene Fliegen waren noch schlimmer. Habt ihr noch etwas übrig von diesem Toten Hund?«

»Leider nicht«, sagte ich. »Aber ich kann dir was anderes besorgen.«

Ich brachte ihm eine halbe Fleischwurst.

Dann konnte der Krieg beginnen. Die Mistkäfer kreisten durch die Luft und ließen Bomben aus Steinchen fallen, dass es nur so spritzte. Die Jagdblattwanzen mähten meine sämtlichen Aaskäfer nieder, die dann von den Totengräbern bestattet werden mussten. Und ein Granatentreffer verwandelte den Nashornkäfer in Insektenmus. Schon bald hatte ich fast keinen einzigen Käfer mehr übrig. Der Boden war übersät mit abgebrochenen Beinen, abgerissenen Flügeln und zerschmetterten Leibern – es war ein düsterer Anblick. General Stark war eindeutig nicht in Form.

»Was ist denn mit dir los?«, wollte Klas wissen.

»Das weißt du doch«, sagte ich.

Dann spielten wir stattdessen ein paar alte Spiele, die in einer Schublade in der Kommode lagen, für den Fall, dass es regnete. Wir spielten Mikado und Mensch ärger dich nicht. Aber ich verlor jedes Mal. Meine Gedanken waren ganz woanders.

Und sie machten mich weder froh noch schlau.

»Hast du dein Gehirn in einer Pfütze verloren, Ulf?«, fragte Klas.

»Ja, hab ich wohl«, sagte ich.

»Ich besuch dich wieder, wenn es dir besser geht«, sagte er. »Jetzt muss ich erst mal nach Hause und was essen. Seit unserem Ausflug muss ich immerzu futtern. Kommt ihr mit ins Dorf?«

»Nein«, sagte ich.

Denn dort war ich für alle Zeiten blamiert. Ich konnte nie mehr ins Dorf. Da hatte Gott mir ganz schön was eingebrockt.

Und nicht nur mir.

Als Klas gegangen war, suchte ich in der Bibel nach Beweisen für all das Elend, das Gott den Menschen zumutete. Das war nicht schwierig. Das ganze Alte Testament war voller solcher Geschichten.

»Hier zum Beispiel!«, sagte ich zu Percy.

Ich zeigte ihm das Bild *Das Heer Pharaos geht im Roten Meer unter*, wo Soldaten und Pferde von riesigen Wellen ertränkt wurden. Dann schauten wir uns noch einmal die Bilder von der Sintflut an, alles während draußen der Regen auf das Dach trommelte, in den Dachrinnen gluckerte und an den Fenstern hinabströmte.

»Ein harter Typ, dieser Gott!«, stellte Percy fest.

»Ja, scheint ihm Spaß zu machen, Wasser über seine Schöpfung auszuschütten«, sagte ich.

Nach einer Weile kam Papa herein, um seinen Mittagsschlaf zu halten. Da gingen wir ins Freie, retteten Würmer und Schnecken vor dem Ertrinken und steckten sie in die Holzkiste, in der Großvater seine Schuhputzsachen aufbewahrte. Schuhcremedosen und Bürsten nahmen wir heraus und füllten die Kiste stattdessen mit kleinem Getier. Dann stellten wir sie auf den Balkon, das war ein hoher, sicherer Platz.

Arche von Ulf und Percy, schrieben wir auf eine Seite.

»Eigentlich müssten sie uns dankbar sein«, sagte Percy.

»Ja, sie müssten uns im *Ersten Buch der Schnecken* erwähnen«, sagte ich.

Nach dem Essen begann es zu donnern. Obwohl die Standuhr erst fünf zeigte, wurde es drinnen im Haus dunkel. Aber Großmutter wollte trotzdem nicht, dass wir Licht machten, weil sie sich einbildete, die Elektrizität würde den Blitz anziehen.

»Nichts als Aberglaube«, sagte Papa. »Dafür gibt es keinerlei Beweise.«

Aber wir durften trotzdem kein Licht machen.

Und in der Küche durfte Mama beim Backen auch nicht singen.

»Ja, um Himmels willen, glaubst du etwa, ich würde den Blitz mit meinem Gesang anlocken?«, rief Mama aus.

»Das kann man nie wissen«, sagte Großmutter. »Man sollte nie überheblich werden.«

Mama zuckte die Schultern und summte ein Lied, das *Regenschwere Wolken* hieß.

Großmutter fürchtete sich vor Gewittern. Das tat sie, seit sie ein kleines Mädchen war. Damals war ein Kugelblitz bei ihr zur Haustür hereingewirbelt und wie ein Feuer sprühendes Knäuel durch den Eingangsflur gehüpft, hatte der Katze den Schwanz versengt und war zweimal um den Esstisch gezischt. Dann war er wieder hinausgefegt, genauso plötzlich, wie er gekommen war.

»Stellt euch das mal vor!«, sagte Großmutter.

Jetzt saß sie mit gefalteten Händen auf dem Sofa und sah viel älter und runzliger aus als sonst. Und hinter all ihren Runzeln befand sich ein erschrockenes Kind, in dessen Augen sich ein fauchendes Feuerknäuel spiegelte. Papa saß neben ihr. Er hatte ihr seine Hand auf den Schoß gelegt, damit sie sich nicht einsam fühlte. Er erklärte ihr alles über die Elektrizität. Er sprach über Elektronen, Entladungen und Blitzableiter.

»Weißt du übrigens, wer den Blitzableiter erfunden hat, Ulf?«, fragte er.

»Daniel Düsentrieb«, sagte ich.

Das sagte ich, obwohl ich die richtige Antwort wusste. Ich wollte witzig sein, aber kein Mensch lachte.

»Nein, Benjamin Franklin«, sagte Papa. »Wir haben hier einen auf dem Dach, also brauchst du dir gar keine Sorgen zu machen, Mutter.«

Papa glaubte, Großmutter würde sich durch die Wissenschaft beruhigen lassen.

Aber da irrte er sich.

»Die Küchentür ist doch hoffentlich abgeschlossen, Kurth«, sagte sie.

»Das hast du schon zweimal gefragt«, sagte Papa. »Von Gefahr kann gar nicht die Rede sein. Das Gewitter ist meilenweit entfernt.«

»Aber es kommt näher«, sagte ich. »Jetzt gerade hab ich bloß bis zehn gezählt.«

Ich zählte, wie lange es vom Blitz bis zum Knall brauchte. Wenn man im richtigen Takt zählte, wusste man ziemlich genau, wie viele Kilometer das Gewitter entfernt war.

Jetzt zählte ich jedoch langsamer, um Großmutter zu erschrecken.

Das hatten mein Bruder und ich schon immer getan. Aber inzwischen war mein Bruder zu groß dafür. Er lag im Bett und las im Licht seiner Taschenlampe einen Comic. Dafür hielten Percy und ich am Fenster Wache. Weit hinten sahen wir ein schwaches Aufblinken.

»Ha! Hast du den gesehen, Großmutter!«, rief ich. »Das war vielleicht ein Blitz!«

Dann zählte ich im Schneckentempo, so dass ich nur bis fünf kam.

»Jetzt ist es nur noch fünf Kilometer entfernt!«, sagte ich.

Ich weiß nicht, warum es so großen Spaß machte, Großmutter zu erschrecken. Vielleicht, weil sie sonst immer so ruhig war. Normalerweise saß sie in ihrer eigenen Welt auf dem Stuhl am Fenster, wie in einer Blase aus schützendem Zigarettenrauch, und sah mild und unerreichbar aus. Außerdem war ich heute traurig und zornig, und da machte es irgendwie noch mehr Spaß als sonst, sie zu erschrecken.

»Bald ist es direkt über uns!«, sagte ich.

Und tatsächlich – da zuckte ein kräftiger Blitz herab und zeichnete ein Z aus blendendem Licht an den dunklen Himmel, als hätte Zorro es mit seiner Degenspitze dorthin geritzt. Kurz darauf ließ ein heftiger Donnerschlag die Fenster erklirren.

Großmutter hielt sich die Augen zu.

»Und der erst!«, rief ich. »O Mann, das war vielleicht ein Blitz, Großmutter!«

»Ja, verflixt noch mal«, sagte Percy voller ehrlicher Bewunderung.

Wir hatten nicht gehört, dass Großvater von der Werkstatt hereingekommen war. Jetzt stand er in der Türöffnung. Der Regen tropfte von der Hutkrempe. Und er sah böse aus.

»Wollt ihr Großmutter etwa Angst machen, Jungs?«, fuhr er uns an. »Hört sofort auf damit!«

Er sah aus, als müsste er eigentlich neben Großmutter auf dem Sofa sitzen, ihre Hand halten und dafür sorgen, dass sie sich nicht fürchtete. Aber jetzt saß ja Papa dort.

»Du brauchst keine Angst zu haben, Erika«, sagte er nur.

»Ich denke, Gott wird für mich sorgen«, sagte sie.

Da wurde es mir irgendwie zu viel.

»Gott«, schrie ich. »Wie kannst du glauben, dass er für irgendjemand sorgt? Das tut er nie. Und übrigens, wie kann man nur so einen dämlichen Namen haben wie Gottfrid, Großvater?«

»Aha, du findest ihn dämlich?«, sagte er.

»Ja, Gott ist nämlich kein bisschen friedlich«, entgegnete ich.

»Du sollst Gott nicht schmähen, Ulf!«, sagte Großmutter.

»Er ist es doch, der mich schmäht«, sagte ich.

»Aber Ulf«, sagte Großmutter erschrocken. »Du weißt nicht, was du sagst. Gott ist die Liebe!«

»Nie im Leben ist er das!«, rief ich. »Und was weißt du schon von der Liebe, Großmutter? Du schaffst es ja nicht einmal, Großvater zu lieben, obwohl er dich sein Leben lang geliebt hat. Warum hast du ihn nicht zurückgeliebt?«

Zuerst stand Großmutter auf. Dann sank sie wieder schwer auf das Sofa zurück.

»Das weiß ich nicht«, sagte sie.

Da schlug Großvater mit der Hand gegen den Türrahmen.

»Jetzt haltet ihr den Mund, ihr Lümmel!«, brüllte er. »Keiner von euch sagt noch ein einziges Wort, verstanden. Ich geh jetzt raus und wasche mir die Füße. Und wenn ich wieder hereinkomme, will ich nicht hören, dass ihr auch nur einen Mucks von euch gegeben habt!«

Wir hörten, wie er warmes Wasser aus dem Wasserhahn im Herd herausließ. Dann ging er mit dem großen Kupferbecken nach draußen und schlug die Tür hinter sich zu.

Es war, als hätte Großvater alle Geräusche mitgenommen, als er ging.

Es war, als würden das Haus, der Wind und das Gewitter eine Ewigkeit lang den Atem anhalten, so dass wir glaubten, alles sei vorbei, die Wolken hätten kehrtgemacht und die Sonne sei unterwegs. Großmutter erhob sich sogar und trat an den Wandspiegel, um sich zu kämmen.

Da flammte das Zimmer auf, als hätte jemand plötzlich tausend Lampen gleichzeitig eingeschaltet. Und dann kam der Knall. Er ließ den Spiegel an der Wand verrutschen, die Standuhr knacken und die Wände erzittern. Fauchende blaue Funken liefen rings um die Zimmerdecke an den Stromleitungen entlang. Im Flur läutete das Telefon unablässig, von ganz alleine.

»Geht nicht ran, Kinder. Das ist der Blitz«, sagte Großmutter.

»O herrje«, seufzte Mama und schlug ihre teigverklebten Hände vors Gesicht, obwohl sie doch Gewitter eigentlich mochte.

Dann sagte keiner von uns noch etwas.

Kurz darauf trat Großvater ins Zimmer. Sein Gesicht war bleich, er hatte die Hosenbeine hochgekrempelt. Seine Füße hinterließen nasse Flecken auf dem Boden. Und die wenigen Haare, die er noch auf dem Schädel hatte, ragten senkrecht in die Luft. Er hüpfte herein und rang um Atem. Ich guckte seine Beine an. Seine Adern sahen aus, als wären sie mit Tinte auf die Haut gemalt.

»Vater, was ist denn?«, fragte Papa.

»Dieser vermaledeite Blitz ist mir doch tatsächlich in die Füße gefahren«, sagte er.

Da ging Großmutter mit ausgebreiteten Armen auf Großvater zu. Er blieb stehen und sah ihre aufrechte Gestalt auf sich zukommen, während er sich am Türrahmen festhielt. Er umklammerte ihn mit solcher Kraft, dass seine Fingerknöchel weiß hervortraten. Dabei schwankte er vor und zurück und starrte Großmutter an.

»Ach Gottfrid, ach liebster Gottfrid«, sagte sie.

Großvaters Augen waren ganz rot. Jetzt blinzelte er.

»Liebst du mich, Erika?«, sagte er.

»Lieber Gottfrid«, sagte Großmutter. »Sag jetzt nichts.«

»Liebst du mich?«, wiederholte er.

»Nein«, flüsterte sie so leise wie möglich.

Da hob er die Arme und senkte sie wieder, als ob er nicht wüsste, was er mit ihnen anfangen sollte. Er blinzelte, als würde er das, was er sah, nicht mehr wiedererkennen. Dann taumelte er in den Regen hinaus.

»Vater«, rief Papa.

Durchs Fenster sah ich Großvaters rundliche Gestalt zu dem schwarzen Stein im Erdbeerbeet stapfen. Er presste seine Stirn dagegen und umschlang ihn mit den Armen. Dann stieß er ein rasendes Gebrüll aus und wuchtete ihn hoch. Einen Augenblick lang blieb er stehen und schwankte hin und her, als könne er nicht glauben, dass er ihn wirklich herausgeholt hatte. Dann wankte er zum Steilhang und wälzte den Felsbrocken hinunter.

Kurz blieb er stehen und sah ihn aufs Wasser zurollen.

Ich glaubte zu erkennen, dass er lächelte.

»Hab ich dich schließlich doch noch gekriegt!«, schrie er.

Und dann brach er zusammen.

»O Gott«, flüsterte Großmutter.

Wir mussten den Lehrer um Hilfe bitten, sonst hätten wir es nie geschafft, Großvater in seine Kajüte und auf sein Sofa zu tragen. Dort legten wir ihn hin. Papa leuchtete ihm mit der Taschenlampe meines Bruders in die

Augen und horchte sein Herz ab. Schließlich fragte er Großvater, ob er seinen eigenen Namen wisse.

»Red keinen Blödsinn«, flüsterte Großvater mit kaum hörbarer Stimme.

»Er hat eine Hirnblutung gehabt«, erklärte Papa.

Nach ungefähr einer Stunde kam ein Arzt und stellte dasselbe fest. Er wollte Großvater mit dem Flugzeug ins Krankenhaus transportieren lassen. Doch da hielt Großvater sich am Sofa fest.

»Ihr bringt mich nie hier weg«, sagte er. »Niemals. NEVER!«

»Lieber Vater«, sagte Papa.

»Ich bin verdammt noch mal nicht lieb. Und bin es nie gewesen«, schrieb Großvater auf einen Zettel, weil ihm das Sprechen inzwischen zu anstrengend war.

»Gottfrid bleibt hier, wenn er es will«, erklärte Großmutter.

»Dafür kann ich keine Verantwortung übernehmen«, wandte Papa ein.

»Dann übernehme ich sie«, sagte Großmutter.

Bevor wir an diesem Abend schlafen gingen, begab ich mich alleine in den Achtersalon und schlug die Bibel auf. Ich blätterte, bis ich zur Seite 483 kam, mir war nämlich so, als hätte ich den Blitz, der Großvaters Füße getroffen hatte, schon einmal gesehen.

Das hatte ich tatsächlich. Da war er.

Elias lässt Feuer vom Himmel regnen hieß das Bild.

Aus den dunklen Wolken ganz oben auf der Seite

zuckte ein weißer Blitz wie eine gewaltige Schweißflamme aus dem Weltraum. Er verbrannte einen der Männer ganz unten zu einem Haufen schwarzer Asche.

So erging es Leuten, die Gott herausforderten.

Das hatte ich getan.

Jetzt legte ich die Stirn auf die Bibelseite, ähnlich wie ich sie im Boot gegen die Bootsplanken zu drücken pflegte, wenn ich seekrank wurde.

»Lieber Gott, vergiss, was ich gesagt hab«, betete ich. »Ich war bloß traurig. Hauptsache, Großvater wird gesund. Er hat es auch so schon beschissen genug gehabt im Leben. Das musst du doch zugeben, oder?«

Da läutete das Telefon.

Aber es war nicht Gott und auch nicht der Blitz. Es war Percys Mutter, die mit Percy sprechen wollte, um ihm von ihrem Campingurlaub zu erzählen und ihn zu fragen, wie es ihm ging.

»Mir geht's gut«, hörte ich Percy sagen.

Dann waren die Münzen im Telefon alle.

Wo sind die Haare geblieben, Jungs?

Ab da pflegte Großmutter Großvater und niemand sonst durfte etwas für ihn tun. Sie briet höchstpersönlich mittags und abends seine Koteletts und zerkleinerte sie in mundgerechte Häppchen. Sie säuberte sein Gebiss und leerte den Nachttopf. Sie lüftete seine Bettwäsche, schnitt ihm die Zehennägel und wusch ihn mit einem lauwarmen Waschlappen.

Aber rasiert werden wollte er nicht.

Immer wieder verließ Großmutter ihren Platz am Fenster, um sich in Großvaters Kajüte zu ihm zu setzen und mit ihm die Zeit zu verplaudern. Dann lag er da und richtete seine blauen Augen an die Decke. Manchmal lächelte er, als würde er dort oben etwas sehen. Das hatte ich selbst beobachtet. Denn außer Großmutter durften nur Percy und ich in seine Kajüte kommen.

»Was siehst du da, Großvater?«, fragte ich.

»Den Himmel über der Prärie«, sagte er.

Ich begriff gar nichts.

Großvater war nicht mehr der Alte, er war sogar zu schwach, um zu furzen. Und das dunkelblaue Rollo war tagsüber immer heruntergezogen, weil er das Licht nicht vertrug.

»Gute Nacht, Jungs«, sagte er, ganz gleich, ob es morgens oder abends war. »Könntest du mir bitte noch ein Stück vorlesen, Percy?«

Er wollte immer, dass Percy ihm vorlas. Und Percy hatte nichts dagegen.

»Na klar«, sagte er.

Dann holte er das alte Buch über Buffalo Bill und las. Und je älter Buffalo Bill wurde und je mehr Abenteuer er erlebte, desto munterer wurde Großvater seltsamerweise. Er gluckste vor sich hin, als würde er sich plötzlich an Sachen erinnern, von denen er geglaubt hatte, er hätte sie vergessen.

»Ach ja, natürlich«, sagte er. »Lies jetzt weiter.«

Und das tat Percy:

Vermutlich genehmigten Wild Bill und ich uns an jenem Abend weitaus mehr Drinks, als wir vertrugen. General Carr sagte zu mir: »Cody, hier in der Gegend gibt es reichlich Antilopen. Sie dürfen ein bisschen jagen, während wir hier lagern.« Ich säumte nicht, dieser Aufforderung zu folgen. Das Jagdglück war mir hold. Ich schoss zwanzig bis fünfundzwanzig Antilopen pro Tag und versorgte das ganze Lager mit frischem Fleisch.

»Ja, genau so war es, Jungs«, murmelte Großvater. »Siebenundzwanzig Antilopen, nicht mehr und nicht weniger. Doch, achtundzwanzig waren es. Ja, hol's dieser und jener, das waren Zeiten.«

Dann ließ er zum ersten Mal seit ewig langer Zeit einen fahren.

Zwar nur einen kraftlosen Pups, aber immerhin.

»Jetzt wirst du bestimmt bald wieder gesund«, sagte ich.

Da zwinkerte Großvater mir zu.

»Vielleicht will ich das gar nicht, Ulf«, flüsterte er. »Aber verrate das niemandem.«

»Nein«, sagte ich.

»Und dann noch etwas«, sagte er. »Könntest du Großmutter fragen, ob sie dieses Foto mit dem Gruß noch hat? Du weißt schon, welches ich meine?«

»Ja«, sagte ich.

»Bitte sie, es nächstes Mal mitzubringen.«

Ich lief sofort los. Großmutter stand in der Küche, spülte Großvaters Teller ab und summte ganz leise vor sich hin.

»Großvater fragt, ob du das Foto von Buffalo Bill noch hast«, sagte ich. »Hast du das?«

Großmutter drehte sich um und die Abensonne färbte ihre Wangen rot.

»Irgendwo muss es wohl sein«, sagte sie. »Was will er denn damit?«

»Weiß ich nicht«, sagte ich.

Jetzt, da Großvater bettlägrig war, hatten Percy und ich viel zu tun. Großvater hatte eine Trillerpfeife auf dem Nachttisch liegen, und in die blies er, wenn er uns sehen wollte. Und wenn wir bei ihm ankamen, teilte er uns mit, was wir tun sollten.

»Holz hacken!«, befahl er.

Und das taten wir.

Außerdem jäteten wir Unkraut, ernteten Kartoffeln, reparierten Dachrinnen und holten Regenwasser aus den Wasserfässern, damit Großmutter sich die Haare waschen konnte.

Das tat sie inzwischen zweimal in der Woche, um Großvater eine Freude zu machen.

»Wie ist das eigentlich, Ulf?«, sagte Percy eines Tages, während wir den Kamin im Flur entrußten. »Hast du aufgehört, wegen der Sache mit Pia traurig zu sein?«

»Nein«, sagte ich. »Ich bin immer noch traurig, hab aber nicht so viel Zeit gehabt, um darüber nachzudenken.«

»Wollen wir ins Dorf gehen und herausfinden, ob du es jetzt schaffst, sie zu treffen?«

»Das schaffe ich nie«, sagte ich. »Das weiß ich.«

»Vielleicht noch nicht«, sagte er, nachdem er eine Weile darüber nachgedacht hatte. »Das ist wie Spinatessen. Du musst dich wahrscheinlich so nach und nach daran gewöhnen.«

»Wahrscheinlich«, sagte ich.

Da schrillte Großvaters Trillerpfeife durchs Haus. Wir schlugen die Kaminluke zu und stürzten so schnell wir konnten zu ihm. Als wir hereingestürmt kamen, saß er mit zwei Kissen im Rücken da und schaute auf die Uhr. Auf dem Nachttisch lag das Foto von Buffalo Bill.

»Noch langsamer geht's wohl nicht, ihr Schlafmützen!«, schnaubte er.

Er wirkte insgesamt viel munterer.

»Was willst du, Großvater?«, fragte ich.

»Frag nicht so dumm«, brummte er. »Ich möchte sehen, wie ich aussehe, selbstverständlich. Was glaubt ihr denn? Bringt mir einen Spiegel, aber ein bisschen dalli!«

Wir liefen los, um den Handspiegel zu holen, den Großvater einst für Großmutter aus Kirschholz geschnitzt hatte. Er lag in der Schublade, in der sie Schmuck und solche Sachen aufbewahrte: Bürsten, Kämme, Puder und Ringe, Ohrringe und Fläschchen mit teurem Parfüm. Doch dafür hatten wir jetzt keine Zeit.

In weniger als einer Minute waren wir wieder bei Großvater, der mit dem Foto von Buffalo Bill hoch zu Ross in der Hand dasaß.

»Jetzt waren wir doch ganz schön schnell, oder?«, fragte Percy.

»Na ja«, sagte Großvater. »Gebt mir den Spiegel und zieht das Rollo hoch!«

Als die Sonne durchs Kajütenfenster hereinströmte, musste er blinzeln, weil seine Augen nicht mehr ans Licht gewöhnt waren. Genau wie wenn man aus dem wundervollen Kinodunkel einer Vormittagsvorstellung ins Tageslicht hinaustritt.

»So, jetzt schaun wir mal«, sagte er.

Dann hielt er den Spiegel hoch und musterte sich selbst lange und ausführlich.

»Was ist?«, erkundigte sich Percy. »Nicht zufrieden?«

»Zufrieden, na ich weiß nicht ...«, sagte er mit unsicherer Stimme. »Ich erkenne mich nicht so recht wieder. Sehe ich wirklich so aus?

»Wie solltest du sonst aussehen, Großvater?«, sagte ich.

»Ich hatte mir mein Gesicht länger und hagerer vorgestellt«, sagte er. »Und dabei hab ich einen Schädel wie

eine verdammte Frikadelle! Und wo sind meine Haare geblieben, Jungs? Und der Bart?«

»Welche Haare?«, fragte ich.

»Diese langen Haare, die im Wind flatterten?«, sagte Großvater düster.

»Die hat's wahrscheinlich davongeweht«, sagte Percy. »Aber wenigstens wächst der Bart. Fühlen Sie doch mal, wie viele Bartstoppeln Sie schon haben, Herr Großvater.«

Percy strich ihm mit der Hand über das stoppelige Kinn, dass es hörbar raspelte.

»Stimmt«, sagte Großvater. »Ich werd warten müssen, bis er wieder gewachsen ist.«

Er reichte uns den Spiegel, lehnte sich in die Kissen zurück und schloss die Augen. Er atmete still und ruhig, als würde er schlafen. Wir wollten das Rollo schon herunterziehen und uns davonschleichen, als er die Augen wieder aufschlug.

»Aha, da seid ihr ja, Jungs«, rief er aus, als wären wir soeben aus dem Nichts aufgetaucht. »Wie gut. Ich hab mich gerade gefragt, ob ihr mir wohl ein bisschen Kapuzinerkresse bringen könnt. Und außerdem ein Glas Meerwasser und die größte Brennnessel, die ihr auftreiben könnt.«

»Wozu brauchst du das alles?«, fragte ich.

»Ich will mich daran erinnern, wie es sich anfühlt«, sagte er. »Als ich diesen infernalischen Stein davonschleuderte, war es, als hätte er gleichzeitig noch so viel anderes mitgenommen. Gerüche, Geschmack, Erinnerungen und Ähnliches.«

»Erinnerungen woran?«, wollte Percy wissen.

»Damit braucht ihr eure kleinen zerknautschten Gehirne nicht zu belasten«, sagte Großvater. »Auf geht's, holt euch einen Arbeitshandschuh aus dem Schuppen und haut ab!«

Er scheuchte uns davon.

»Aber kommt bald zurück«, fügte er hinzu.

»Wohin des Wegs?«, rief Papa aus seinem Liegestuhl vor dem Haus.

In letzter Zeit schaute er jedes Mal von seinem *Kreuz und Quer* auf, wenn wir vorbeirannten.

»Müssen nur schnell ein Glas Meerwasser für Großvater holen«, teilte ich mit.

»Braucht er jetzt auch noch Meerwasser?«, stöhnte Papa. »Wisst ihr, was ich gestern auf dem Balkon gefunden habe?«

»Nein«, sagte ich.

»Seinen Schuhputzkasten, und wisst ihr, was darin war? Schnecken und Würmer! Er ist wirklich nicht mehr zurechnungsfähig.«

»Die haben wir reingesteckt«, sagte Percy. »Als wir die Schöpfung gerettet haben.«

»Lieb von euch, dass ihr ihn schützen wollt«, sagte Papa. »Aber er gehört trotzdem ins Krankenhaus.«

Damit kehrte er zu seinem Kreuzworträtsel zurück und wir trabten weiter, hinunter ans Ufer, wo wir auf die nassen Steine hinausbalancierten und ein Glas mit Wasser aus der Bucht füllten. Danach gingen wir zur Kellertür, wo die Brennnesseln in großen, kräftigen Stauden wuchsen. Wir rissen ein ordentliches Büschel ab und liefen weiter zum Beet mit der Kapuzinerkresse.

Auf dem Weg dorthin trafen wir Klas, der unterwegs war, um uns zu besuchen.

»Na, Ulf«, sagte er. »Bist du jetzt besser aufgelegt?«

»Nö, eigentlich nicht«, sagte ich.

»Dann komme ich in ein paar Tagen wieder vorbei«, sagte er und ging.

Und wir pflückten einen Strauß Kapuzinerkresse und brachten alles zu Großvater.

»Vielen Dank«, sagte er.

»Und was machst du jetzt, Großvater?«, wollte ich wissen.

»An der Kapuzinerkresse werde ich riechen«, sagte er. Er hielt sich die rotgelben Blüten unter die große Nase und zog die Luft so fest ein, dass die Blütenblätter in die Nasenlöcher gesogen wurden. Und dann noch einmal.

»Aha, so riechen die also«, sagte er. »Gar nicht schlecht.«

Dann nahm er das Glas mit dem Meerwasser, schnupperte zuerst daran, nahm dann einen großen Schluck, gurgelte damit und schluckte. Er verzog das Gesicht, spuckte und spuckte und bat uns schließlich, sein Gebiss in der Küche abzuspülen, um den Geschmack wieder loszuwerden.

»Pfui! Igitt!«, schnaubte er. »Natürlich, stimmt ja! Pfui Teufel, schmeckt das widerlich.«

Schließlich zog er den Arbeitshandschuh an, packte die Brennnesseln und legte sie sich direkt auf den Arm. Er zuckte zusammen, als hätte er einen elektrischen Schlag erhalten.

»Aauuooh!«, heulte er. »Hab ich mir's doch gedacht! Das brennt wie Feuer auf der Haut!«

»Ich weiß«, sagte ich. »Soll ich Essig und Watte holen?«

»Wenn du willst, dann bitte«, sagte Großvater.

Diesmal war ich es, der Großvaters Nesselausschlag einrieb.

»Na, und wie sieht's aus?«, fragte er, während ich ihn behandelte. »Brennt es immer noch in deinem Herzen?«

»Ja«, antwortete ich.

»Weißt du, Ulf«, sagte er. »Man kann nichts dafür, wenn man einen anderen Menschen nicht lieben kann. Das kann man nicht selbst bestimmen. Aber man sollte sich davor hüten, jemanden zu lieben, der einen nicht auch liebt.«

»Weiß ich doch«, sagte ich. »Aber dafür kann man auch nichts.«

»Nein, wahrscheinlich nicht«, sagte Großvater.

Dann zog er sich die Decke über den Bauch, legte die Kapuzinerkresse neben sich aufs Kissen und wartete darauf, dass sein Bart wuchs. Als wir uns zum Baden davonschleichen wollten, hob er die rechte Hand, die noch in dem Arbeitshandschuh steckte.

»Grüßt mir General Carr, Jungs!«, rief er.

Ich denke an gekochte Dorschaugen

Ein paar Tage später saßen wir auf der weißen Gartenbank und schälten Kartoffeln, ich mit meinem Fahrtenmesser und Percy mit seinem Taschenmesser. Wir hatten die braunen Knollen eigenhändig aus dem Kartoffelbeet ausgegraben. Jetzt lagen sie in einem Eimer voll Meerwasser, damit der Lehm abgespült wurde. Das Schälen ging langsam, weil wir keine Übung hatten.

Früher hatten wir die Kartoffeln immer in der Schale gekocht. Aber seit Großvaters Füße vom Blitz getroffen worden waren, wollte er sie geschält haben.

Nach und nach füllte sich der Topf mit sauberen, hellgelben Kartoffeln.

»Diese hier sieht aus wie General de Gaulle«, sagte ich.

»Und die hier wie Lex Luthor«, sagte Percy über eine, die besonders knubbelig und hässlich war.

Der eine, de Gaulle, war ein Franzose. Der andere der schlimmste Feind von Superman.

So vertrieben wir uns die Zeit, indem wir überlegten, wem die Kartoffeln ähnlich sahen. Nach einer Weile kam Großvater, der auf dem Felsen gewesen und die Fahne gehisst hatte.

»Arbeitet euch nicht kaputt, boys«, sagte er.

»Arbeiten macht doch Spaß«, sagte Percy.

»Na, ich kann mir Sachen vorstellen, die noch mehr Spaß machen«, sagte er.

Er war ganz verändert, viel munterer und fröhlicher als sonst.

Inzwischen war er wieder auf den Beinen, hielt sich aber viel aufrechter als früher und trug immer Hut und Weste. Nur seine Brille wollte er nicht aufsetzen, daher verirrte er sich manchmal. Das störte ihn allerdings nicht sehr.

»Wenn man sich nie verirrt, findet man nie etwas Neues«, sagte er.

Eines Tages landete er beispielsweise beim Schuhmacher unten neben der Wiese. Da nutzte er die Gelegenheit und bestellte ein Paar neue Lederstiefel mit halbhohem Absatz und besticktem Schaft, wie man sie noch nie im Dorf gesehen hatte. Und er bezahlte anstandslos bar im Voraus.

In letzter Zeit streute er auch ab und zu englische Brocken in seine Unterhaltungen ein.

»Gottfrid, komm herein!«, rief Großmutter, die sich um ihn sorgte.

»Die Liebe ruft«, sagte Großvater und zwinkerte uns zu. »See you later, boys!«

Als Gruß legte er zwei Finger an die Hutkrempe. Dann ging er ins Haus, nachdem er sich mit denselben Fingern übers Kinn gestrichen hatte, um festzustellen, ob der Bart sich anständig entwickelte. Das tat er. Er war ein gutes Stück gewachsen und ganz weiß.

»Soon«, brummte er. »Very soon.«

Nachdem Großvater gegangen war, schälten Percy und ich eine Zeit lang schweigend weiter.

Woran Percy dachte, weiß ich nicht. Aber ich dachte daran, wie lieb Großmutter in letzter Zeit zu Großvater war. Und dann kam mir auf einmal, ohne dass ich wusste, warum, Pia in den Sinn. Pia hätte sich auch so verändern sollen, dachte ich.

Ich schmiss eine halb geschälte Kartoffel in den Wassereimer, dass es nur so spritzte.

»Was ist denn, Ulf?«, fragte Percy.

»Ich werde nie frei«, sagte ich. »Immer muss ich an Pia denken. Und dabei hatte ich geglaubt, ich hätte sie vergessen. Doch das werde ich nie tun.«

»Und woran denkst du da?«

»An alles«, sagte ich. »Daran, wie sie riecht. Wie sie die Nase hochzieht, wenn sie verschnupft ist. Und wie sie sich auf den Sattel setzt, wenn sie losradeln will.«

»Gefällt dir das?«

»Was glaubst du wohl? Klar tut es das.«

»Das ist das Dumme daran«, erklärte Percy. »Genau das darf es nicht.«

»Danke«, sagte ich. »Und wie sollte das gehen?«

»Mach die Augen zu und denk an sie, dann wirst du's merken!«, sagte er.

Also schloss ich die Augen. Zunächst sah ich nichts. Doch dann sah ich Pia, die sich über mich beugte, wie damals vor grauer Urzeit, als ich ihren Hecht herausholen sollte und hinfiel und mir die Augenbraue aufschlug. Ich sah ihre munteren Auen vor mir. Und ihre bekümmerte Miene. Bald würde sich das rosa Badehandtuch mit Pias Duft über meine Nase senken. Das wusste ich.

»Siehst du sie jetzt vor dir?«, fragte Percy leise.

»Jaa«, flüsterte ich.

Mir war, als wäre ich verzaubert.

Und genau in diesem Augenblick leerte Percy den Eimer mit dreckigem Salzwasser, alten Schalen, Gene-

ral de Gaulle, Kartoffel-Luthor und zwei weiteren Kilos harter Knollen über meinen sorgenvollen Schädel.

»Was zum Teufel machst du da!«, schrie ich.

»Das ist nur zu deinem Besten«, sagte er.

»Bist du nicht ganz gescheit!«, spuckte ich hervor.

»Doch«, sagte er.

Dann erklärte er, das sei die einzige Möglichkeit, meine Liebe zu Pia zu überwinden. Jedes Mal, wenn ich an sie dächte, müsse ich mir gleichzeitig was Ekliges vorstellen. Irgendwann würde mir dann bei ihrem bloßen Anblick schlecht werden.

»Ich werde dir dabei helfen«, versprach er.

»Nett von dir«, sagte ich, während das Dreckwasser mir den Rücken hinunterlief.

Dann gingen wir zum Steg hinunter, füllten den Eimer wieder mit Wasser, schälten die restlichen Kartoffeln und trugen sie in die Küche zu Mama.

»In einer Stunde gibt's Essen«, sagte sie.

»Dann schau ich vorher noch kurz bei Blacky rein«, sagte Percy. »Damit er nicht glaubt, ich hätte ihn vergessen. Kommst du mit?«

»Nein«, sagte ich. »Muss mir die Haare waschen.«

Nachdem ich Kartoffelschalen und Erdkrümel aus den Haaren gespült und einen sauberen Pulli angezogen hatte, schlich ich schnell mit den Wachskreiden, die ich zum Geburtstag bekommen hatte, zum Dampfersteg hinunter.

Dort lag ein Hechtkopf in einer Felsspalte. Er grinste höhnisch mit scharfen Zähnen und sah mich aus seinen leeren Augenhöhlen an. An diesen Hecht konnte ich mich erinnern. Das war der, den Pia damals ausgenommen hatte, als wir gerade angekommen waren.

»Pia«, sagte ich und haute mir selbst eine runter, um mir die Liebe abzugewöhnen.

Dann trat ich in das Wartehäuschen am Dampfersteg und las, was dort an der einen Wand stand:

IM FALLE EINES FALLES
KLEBT KARLSSONS KLEBER ALLES,
SELBST GEBROCHENE HERZEN.

Das hatte ich selbst geschrieben. Jetzt holte ich die rote Kreide aus der Schachtel und schrieb mit noch größeren Buchstaben:

NICHTS ALS BLUFF!

Dann zog ich die Tür des Wartehäuschens zu und blieb im Dunkeln sitzen, damit niemand die Tränen in meinen Augen sah.

In den folgenden Tagen gab Percy sich große Mühe, um mich von der Liebe zu heilen.

Als Erstes legten wir uns oben beim Leuchtfeuer hinter einen Stein. Wir hatten Großvaters Fernglas dabei und warteten darauf, dass Pia auf dem Weg zum Laden angeradelt kam.

»Da! Jetzt kommt sie«, sagte Percy. »Guck jetzt schnell hin! Und vergiss nicht, was du tun sollst!«

Er reichte mir das Fernglas. Ich hielt es mir mit zitternden Händen an die Augen. Und obwohl ich es so machte, wie er gesagt hatte, und das Fernglas verkehrt herum hielt, so dass Pia wie ein weit, weit entferntes kleines Insekt aussah, tat es dennoch weh in meinem Innern.

»Woran denkst du?«, fragte Percy.

»An Pia.«

»Reiß dich zusammen, Mann«, sagte er. »Du musst dich konzentrieren. Na?«

»Leber«, sagte ich. »Leber und angebrannte Kartoffeln.«

»Und noch?«

»Speckwürfel in Mehlschwitze.«

Und plötzlich fühlte ich mich ein wenig besser. Vor meinem inneren Auge sah ich nicht mehr ihr hübsches Gesicht, sondern eine weiße, klebrige Schmotze, in der wabblige Fettstücke schwammen, was mir leichte Übelkeit verursachte. Ich ertrug es sogar, das Fernglas wieder richtig herum zu drehen, als Pia aus dem Laden kam und sich auf den Heimweg machte.

»Na, wie war das?«, wollte Percy wissen, als ich sie nicht mehr sehen konnte.

»Nicht so toll«, antwortete ich. »Aber ich glaube, ich bin auf dem Weg der Besserung.«

Er klopfte mir zufrieden auf die Schulter.

»Bravo, Ulf«, sagte er. »Morgen schleichen wir uns näher ran. Da musst du dir noch schlimmere Sachen vorstellen.«

Aber als wir nach Hause kamen, hatte Percys Vater angerufen. Er und Percys Mutter waren zurück von ihrem Campingurlaub, sie hatten es schön gehabt, obwohl es ziemlich viel geregnet hatte. Jetzt freuten sie sich, Percy wiederzusehen. Anschließend hatte sein Vater gefragt, ob Percy schon schwimmen könne.

»Verflixt«, sagte Percy.

»Du freust dich doch, deine Eltern wiederzusehen?«, fragte Mama.

»Ja, ist doch klar«, sagte Percy.

»Na, ganz so eilig wird's wohl nicht sein«, meinte Großvater.

»Was sagst du dazu, Percy?«, fragte Papa. »Wird doch bestimmt schön, wieder nach Hause zu kommen?«

»Ja«, sagte Percy und sah mich an. »Aber ich glaube, ich brauche noch vier Tage.«

Das wurden stressige Tage.

Percy musste lernen, zwanzig Meter zu schwimmen, ohne den Grund zu berühren. Und ich hatte noch einiges zu lernen, bevor meine Liebe zu Pia überwunden war.

Vormittags schwamm ich mit Percy an unserem Steg.

Und nachmittags spionierten wir hinter Pia her, damit ich sie sehen und dabei an scheußliche Sachen denken konnte.

Ich dachte daran, wie ich einmal eine Fensterscheibe eingeworfen hatte und Papa böse geworden war, weil er glaubte, ich hätte es mit Absicht getan. Und wie ich von der Schaukel gefallen war und mir den Hinterkopf aufgeschlagen hatte und der neue weiße Pulli, den Mama gestrickt hatte, ganz blutverschmiert wurde und ich beim Arzt genäht werden musste. Und wie ich bei einem Freund zum Essen eingeladen war und aus lauter Höflichkeit sauren Hering aß, obwohl mir davon schlecht wurde, und wie ich dann seiner Mutter das Kleid voll gekotzt hatte.

Es gab viele unangenehme Sachen, an die man denken konnte.

Jetzt standen wir neben dem Tanzboden hinter einem Busch und warteten, bis Pia auf ihrem Fahrrad vorbeigesaust kam. Ich sah ihre braun gebrannten Füße, die flink in die Pedale traten, und ihre Bluse, die im Fahrtwind flatterte.

Und dennoch war mir vor allem schlecht.

Ich musste nämlich an die Kotzerei von damals denken und hielt mir außerdem eine nasskalte Kröte, die Percy besorgt hatte, unter meinem Hemd an den Bauch.

Das würde helfen, hatte Percy versichert. Und das half tatsächlich.

Ich hätte mich fast noch einmal übergeben.

»Gut«, sagte er. »Morgen musst du ganz kurz mit Pia sprechen. Was hältst du davon?«

»Weiß nicht«, sagte ich. »Das wird schwierig.«

»Das ist deine einzige Chance«, sagte er.

Am nächsten Tag gingen wir nach dem Essen ins Dorf. Zuerst suchten wir Pia in ihrem Garten. Doch da war sie nicht. Und ihre Mutter hatte auch keine Ahnung, wo sie steckte. Wir hatten schon fast aufgegeben, als wir sie bei dem alten stillgelegten Leuchtturm entdeckten. Ulf E., Klas, Birgitta, Leif und Kicki waren auch da und badeten. Und sie hatten am Ufer ein Feuer gemacht, obwohl das verboten war.

Pia war gerade aus dem Wasser gekommen und saß in ihr Badetuch gehüllt auf einem Stein am Wasser. Wir standen hinter einer Erle.

»Jetzt geh – mach schon«, flüsterte Percy.

»Ach was, komm, wir lassen den Blödsinn!«, sagte ich.

»Nein, tun wir nicht«, sagte er. »Vergiss nicht, dass du mit ihr sprechen musst. Und dass du dabei immer daran denken musst, was du dir vorgenommen hast.«

»Ja«, sagte ich.

Und obwohl ich am liebsten davongerannt und nie mehr wiedergekommen wäre, ging ich trotzdem zu ihr. Percy kam hinterher und passte auf, dass ich nicht mogelte. Klas, Leif und die andern sagten nichts. Sie folgten mir nur mit den Blicken, als ich mich vor Pia hinstellte.

»Hallo«, sagte ich.

»Hallo«, sagte sie, ohne aufzuschauen. »Was willst du?«

»Bloß hallo sagen.«

Ich blieb stehen und sah sie an. Dabei verkrampfte sich mein Magen so sehr, dass ich schlucken und den Mund zupressen musste.

»Warum glotzt du so?«, fragte sie. »Und warum verziehst du das Gesicht?«

»Ich muss an gekochte Dorschaugen denken«, sagte ich.

Klas lächelte. Aber ich musste noch einmal schlucken. Das war nämlich das Ekelhafteste, was es gab – wenn Großmutter die Augen aus dem gekochten Dorsch herauspulte, sie sich in den Mund steckte und kaute. Da schaute ich jedes Mal weg. Aber jetzt stellte ich mir vor, wie die kleinen weißen Kugeln mit den schwarzen Pupillen von ihren Zähnen zu Mus zermalmt wurden.

»Aha, wie schön«, sagte Pia. »Und du, Percy?«

»Ich muss daran denken, dass ich bald nach Hause fahre«, sagte er. »Aber es war nett, dich kennen zu lernen.«

»Ja«, sagte sie.

Danach gingen wir wieder hinauf zum Haus. Doch davor streckte Klas die Finger zum V-Zeichen in die Luft. Das bedeutete *victory* und war ein Zeichen für Sieg.

Jetzt schwirrten die Schwalben hoch oben im Blau. Ein Kiebitz hüpfte über den Pfad. Und Percy legte mir den Arm um die Schultern.

»Das hast du gut gemacht«, sagte er. »Wie geht's dir jetzt?«

»Mir ist immer noch schlecht.«

»Dann hast du das Schlimmste überstanden«, sagte er.

Großvater rasiert sich und wird wie neu

Als wir am folgenden Nachmittag zum Haus hinaufkamen, trat Großvater aus der Tür und platzierte eine Schüssel mit warmem Wasser auf dem Mäuerchen davor.

Er bedachte alle Eichhörnchen und Krähen mit einem breiten Grinsen.

Seine Hosenträger hingen herab, den Hut hatte er in den Nacken geschoben und am Oberkörper trug er nur ein Unterhemd. Seine Füße steckten in den neuen Lederstiefeln, das karierte Hemd hatte er auf den Boden gelegt.

»Ihr kommt genau richtig«, sagte er. »Denn jetzt wird es passieren!«

»Was denn?«, wollten wir wissen.

»Ai dont säj a wörd«, sagte er.

Oben auf dem Mäuerchen war ein Grasfleck, wo wilde Erdbeeren, Mohn und Kresse wuchsen. Dort hatte er den Griff von Großmutters Spiegel in die Erde gesteckt. Das Spiegelglas reflektierte die Sonne und schoss Blitze aus Licht. Neben den Spiegel hatte Großvater das Foto hingestellt, auf dem Buffalo Bill in seiner fransengeschmückten Lederjacke und dem breitkrempigen Cowboyhut zu sehen war.

»Jetzt wird sich Großvater wohl rasieren«, sagte ich zu Percy.

»He dass what he dass«, sagte Großvater.

Dann rührte er in einer Kaffeetasse Seifenschaum an. Eine Möwe flog herbei und setzte sich auf den Schornstein, um zuzuschauen. Jetzt klappte Großvater das Rasiermesser aus und zog es an einem Lederriemen hin und her, damit es noch schärfer wurde. Dabei summte er eine Melodie, die ich noch nie gehört hatte. Ich wusste nicht einmal, ob ich ihn überhaupt jemals hatte summen hören. Nach einer Weile kam Großmutter heraus und stellte sich auf die Treppe.

»Ich wollte nur …«, fing sie an.

Wahrscheinlich wollte sie sagen, dass das Essen fertig sei. Doch dann verstummte sie. Die Sonnenreflexe des Rasiermessers trafen direkt in ihre Augen und blendeten sie. Sie blieb stehen und sah zu, wie Großvater sich die Wangen und den Hals einseifte.

»Was?«, fragte Percy.

Doch sie legte nur den Zeigefinger an den Mund.

Und Großvater sagte auch nichts, weil er nicht riskieren wollte, sich an den schwierigen Stellen, wo die Haut faltig war, in den Hals zu schneiden. Aber er zwinkerte ihr im Spiegel zu. Er zog das Messer über die Wangen und spülte den Schaum nach und nach in der Waschschüssel ab.

Er rasierte sich ganz einfach, und daran war eigentlich nichts Besonderes.

Und dennoch war es wie etwas, das in der Bibel beschrieben sein könnte. Oder in dem Buch über Buffalo Bill.

Schließlich hatte Großvater nur einen Schnauzbart übrig und einen Haarzipfel am Kinn. Dann nahm er Großmutters Nagelschere und formte den Zipfel zu einem kleinen Spitzbart. Genau wie bei Buffalo Bill auf dem Foto.

Er zog das Hemd an.

Er schob den Hut in die Stirn.

Dann drehte er sich zu Großmutter um.

»Na, wie findest du das?«

Einen kurzen Augenblick lang schien ein unruhiger Schatten über sein Gesicht zu ziehen. Doch Großmutter trocknete ihre Hände an der Schürze ab und lächelte.

»Lieber Gottfrid«, sagte sie.

»Nenn mich einfach Buffalo Bill«, sagte Großvater. »Wann gibt's Essen?«

»Essen? Ach ja, das Essen.« Großmutter errötete.

»I love you, honey«, sagte er.

Aber bevor er zu ihr hinging, drehte er sich zu uns um und holte einen Zettel aus der Hosentasche.

»Psst. Bringt diesen Zettel bitte zum Lehrer rüber«, flüsterte er.

Großmutter hatte auf dem großen Eichentisch mit einer weißen Tischdecke und den besten Tellern gedeckt. Und überall standen Einmachgläser voller Heckenrosen, Kapuzinerkresse und Wiesenblumen.

Und aus den Schüsseln duftete das Essen.

Es gab Schweinekoteletts. Das aß Großvater zwar jeden Tag, aber gleichzeitig war es auch sein Lieblingsessen.

»Tut mir Leid, aber die Soße hat sich verklumpt«, sagte sie.

»Doont worry«, sagte er, der sonst Klumpen hasste.

Er häufte Kartoffeln auf den Teller und schüttete Soße darüber. Es gab auch gekochte Möhren und Erbsen, falls jemand darauf Appetit hatte. Großvater hatte keinen.

Aber dafür wollte er einen Schnaps.

Großmutter stellte je ein Gläschen Schnaps an Großvaters und Papas Platz.

»Tschiriju, Junior!«, sagte Großvater und hob das Glas.

»Ich weiß nicht, ob du trinken solltest, Vater«, sagte Papa.

»Ein Schnäpschen hat noch niemandem geschadet«, bemerkte Großmutter.

Da hoben sie ihre Gläser und leerten sie. Dann wurde gegessen. Großmutter aß allerdings nicht viel, weil es ihr schwer fiel, Fleisch zu kauen. Sie nahm sich bloß ein paar gekochte Möhren und schaute Großvater an. Ich fand, dass sie wie die große Rose aussah, die sie in einer Vase auf den Tisch gestellt hatte – genauso rosa und weiß. Weiße Haare und rosa Wangen.

»Schmeckt es?«, fragte sie.

»Very«, sagte Großvater.

Er sah vergnügt aus, sprach aber nur wenig, weil er nicht besonders viele englische Wörter konnte. Aber plötzlich fuhr er vom Stuhl hoch.

»Wait, zum Kuckuck! Ich hab was forgotten!«, schrie er.

Dann trat er ans Fenster, öffnete es, nahm seine Trillerpfeife und blies einen langen, schrillen Pfiff. Dann hörte man jemanden husten, und plötzlich wurde die Luft von der tollsten Klaviermusik erfüllt, die je hier ertönt war. Es klang wie die Musik aus den Cowboyfilmen,

die Percy und ich schon tausendfach gesehen hatten: In einem Saloon sitzt ein Typ mit einem runden Hut und aufgekrempelten Ärmeln am Klavier, auf dem ein Glas Schnaps steht, und spielt erst was Munteres und dann was Trauriges, bevor alle ihre Revolver ziehen und sich gegenseitig abknallen.

»Ich hab den Lehrer gebeten, sein Fenster aufzumachen und etwas für die schönste Rose der Prärie zu spielen«, erklärte Großvater. »Play it so laut und gut du nur kannst, hab ich geschrieben.«

Großmutter wischte sich mit der Serviette die Augen, denn es war wirklich eine schöne Melodie und der Lehrer räusperte sich nur ein paarmal, während er spielte. Aber Papa schob seinen Teller von sich, obwohl noch Fleisch und Kartoffeln drauflagen.

»Sollten wir nicht doch lieber einen Arzt anrufen«, sagte er.

»Nein, das sollten wir nicht«, sagte Großmutter.

Und als Großvater ihr nach dem Essen einen Kuss gab, wich sie ihm nicht mehr aus. Denn seltsamerweise schien sie, die es nie geschafft hatte, Großvater zu lieben, diesen wackligen Buffalo Bill mit seinem grauen Filzhut und seinem gebrochenen Englisch zu lieben.

»Möchten Sie die letzten Kapitel über Buffalo Bill heute Abend hören, Herr Großvater?«, fragte Percy. »Es ist ja mein letzter Abend. Und das Vorlesen macht mir Spaß.«

»Thank ju«, sagte Großvater. »Ist nicht nötig. Kannst es gerne für dich selbst weiterlesen. Aber wenn ich ehrlich sein soll, boys, habe ich so einiges hinzugefügt. Denn das muss man tun, wenn ein Buch sich verkaufen soll. Daher steht eine Menge Bluff darin. Und dann noch eins: Weckt mich morgen früh bitte nicht. Es kann nämlich sein, dass ich mich heute Nacht verirre. Und danach möchte ich mich ausruhen. Aber morgen Nachmittag, da wird geschossen, das garantiere ich euch.«

An diesem Abend gingen wir zum Schwimmen hinunter an den Steg. Irgendwie spürten wir, dass wir sonst im Weg gewesen wären. Zwei Haubentaucher nahmen gleichzeitig mit uns ein Bad. Sie schwammen mühelos hin und her. Aber obwohl wir übten, bis die Schiffe, die draußen vorbeifuhren, ihre Schiffslaternen anmachten, gelang es Percy nur, fünfzehn Meter zu schwimmen, ohne den Grund zu berühren.

Wir hatten auf ein langes Seil, das wir quer über die Bucht gespannt hatten, für jeden Meter deutliche schwarze Striche gemalt – und für zwanzig Meter einen roten. So konnte ich feststellen, wie weit er gekommen war, wenn sein Kopf unter der Wasseroberfläche verschwand.

»Dreizehneinhalb«, rief ich. »Es wird immer schlechter.«

»Verdammt!«, sagte er.

Sein Gesicht leuchtete rot wie die Abendsonne.

Bevor er mehr sagen konnte, spuckte er Wasser und holte keuchend Luft.

»Nur noch ein Mal«, bat er.

»Nein, jetzt müssen wir aus dem Wasser«, sagte ich. »Du wirst nur immer erschöpfter. Außerdem ist es inzwischen zu dunkel, ich seh die Striche kaum noch.«

»Das klappt nie«, sagte er, kletterte auf den Steg, zog seine Badehose aus und klatschte sie auf die Planken.

»Doch, doch«, sagte ich. »Du musst bloß noch ein bisschen üben.«

»Und wann soll ich das tun?«, schnaubte er. »Morgen Nachmittag fahre ich doch schon nach Hause.«

»Ach ja, stimmt ja«, sagte ich.

Mit schweren Schritten gingen wir zum Haus zurück.

Mama hatte eine Thermoskanne mit heißer Schokolade für uns vorbereitet. Sie reichte sie uns und dazu einen Teller mit Käsebroten und je einen Apfel.

»Nehmt das hier mit«, sagte sie. »Es ist bestimmt besser, wenn ihr jetzt gleich schlafen geht.«

Also machten wir das.

Wir schliefen jetzt in der Damenkajüte. Denn nachdem der Blitz in Großvaters Füße eingeschlagen war, wollte Großmutter nicht mehr, dass wir die Nächte allein in unserer Hütte verbrachten. Und da sagte Großvater, entweder müssten wir uns damit abfinden, im Haus zu schlafen, oder er würde die Hütte eigenhändig ins Meer kippen.

Also beschlossen wir, im Haus zu schlafen. Mein Bruder war mit seiner Matratze in den Flur hinausgezogen, daher hatten wir unsere Ruhe.

Percy starrte wütend an die Decke.

»Das war das Einzige, was noch gefehlt hat«, seufzte

er. »Diese paar letzten bescheuerten Meter hätte ich noch schaffen sollen.«

»Die schaffst du auch noch«, sagte ich.

»Das sagst du bloß, um mir Mut zu machen.«

»Ja«, gab ich zu. »Ich kapier einfach nicht, woran es liegt. Du machst doch alles richtig.«

»Ich weiß«, sagte er. »Und trotzdem haut es nicht hin. Vielleicht müsste ich noch mehr Trockenschwimmen üben.«

»Nein«, sagte ich. »Ruh dich lieber aus, damit du morgen fit bist. Ich les dir was aus Buffalo Bill vor, damit du auf andere Gedanken kommst.«

Ich las und las, während Percy seufzte.

Ich las, wie Buffalo Bill auf seinem Pferd Big Bull Wettrennen ritt und wie er große Büffelherden über die Prärie jagte und selbst von grausamen Indianern gejagt wurde. Ich las, bis Percy einschlief.

Ich sah ihn im Schlaf Schwimmbewegungen machen.

Da löschte ich das Licht und schlief ebenfalls ein.

Aber Buffalo Bill ritt auf seinem weißen Pferd durch meine Träume. In der Ferne knirschten die alten Präriewagen. Pferdehufe klapperten schnell gegen den Boden. Die Hufe der Büffelherden dröhnten wie Donner. Und weit entfernt hörte ich die Präriehunde den Mond anbellen und heulen.

Dann war mir, als würde Großmutter leise vor sich hin lachen.

Tarzan, Sohn der Krokodile und Dorsche

Als Percy und ich am nächsten Tag in Großvaters Kajüte kamen, war er nicht da. Er hatte sich verirrt, genau wie er vorhergesagt hatte. Auf dem Nachttisch lag nur sein Gebiss und lächelte vor sich hin. Es lächelte wie nie zuvor.

Aber Großvater selbst war verschwunden.

»Stell dir mal vor, wenn er ins Meer gefallen ist«, sagte ich. »Wir müssen Großmutter Bescheid sagen!«

»Dann wird sie wahnsinnig«, sagte Percy.

Doch das wurde sie nicht. Großvater hatte sich nämlich ausgerechnet in ihr Zimmer verirrt. Jetzt lag er neben ihr auf dem Sofa mit den geschnitzten Löwenköpfen. Sein runder Kopf ruhte auf ihrer Schulter. Er schlief und sah sehr zufrieden aus. Großmutter auch. Als wir durch den Türspalt spähten, schlug sie die Augen halb auf und scheuchte uns mit einer Handbewegung wieder hinaus.

Wir holten ein paar leere Dosen aus der Werkstatt und stellten sie vor dem Fenster meiner Eltern auf das Verandageländer. Dann bewarfen wir sie mit Steinen. PLONG und BONK machte es. Mama wachte von dem Geklapper auf.

»Was treibt ihr da eigentlich?«, fragte sie.

»Wann gibt's endlich Frühstück?«, war meine Antwort.

Da stand sie auf und bereitete ein Blech mit Scones vor, das war ein neues englisches Rezept, das sie in einer Zeitung entdeckt hatte. Die Scones backte sie extra für Percy, weil er an diesem Tag mit dem Schiff nach Hause fahren würde. Aber wer die meisten aufaß, das war Papa. Er aß acht Stück mit Butter und Marmelade.

»Mm, schmeckt echt lecker«, sagte er. »Nimm dir den letzten, Percy. Schließlich hat meine Frau sie extra für dich gebacken.«

»Nein danke«, sagte Percy. »Dann krieg ich vielleicht einen Krampf und muss sterben.«

»Na, ganz so schlimm wird's wohl nicht sein.« Papa lächelte.

»Doch, wir wollen nämlich unten beim Steg noch Schwimmen üben.«

Wir waren bereits unterwegs, um unsere Handtücher und Badehosen von der Wäscheleine zu holen.

»Und was wünschst du dir heute zum Essen, Percy?«, fragte Mama, als wir schon fast aus der Tür waren. »Heute darfst du dir alles wünschen, was du willst.«

Mama hielt ihren Kaffeelöffel hoch und sah aus wie eine Küchenfee, die ihren Zauberstab in die Luft streckte! An Percys Stelle hätte ich ruhig zwei Käsebrote bestellt, ein Rindersteak mit Kartoffeln und brauner Soße und als Abschluss Sahnebaiser.

Aber Percy hatte anderes im Kopf.

»Das ist mir egal«, sagte er. »Von mir aus Schweinekoteletts, das mag Buffalo Bill!«

Wir legten den ganzen Weg zum Steg im Laufschritt

zurück. Einerseits, weil wir es eilig hatten, ins Wasser zu kommen. Und andererseits, weil es nicht anders ging, Großvaters Pfad war so steil, dass die Beine von alleine liefen.

Sie liefen direkt auf den Steg hinaus.

Percy war Erster. Wir hatten schon oben im Haus unsere Badehosen angezogen. Jetzt ließ er das Bündel mit seinen Kleidern und dem Handtuch auf den Steg fallen.

»Erster im Wasser ist Johnny Weissmuller!«, schrie er und machte einen Satz.

Johnny Weissmuller war der Typ, der in den Tarzanfilmen den Tarzan spielte. Er war unter anderem Weltmeister im Schwimmen gewesen.

»AIAIAIAAH!«, brüllte Percy, als er in der Luft war.

Er klang genau wie Tarzan, der Sohn der Affen.

»Zweiter ist General Patton!«, schrie ich und hüpfte auch hinein.

General Patton machte einen Bauchplatscher. Im Zweiten Weltkrieg war er in den USA Panzergeneral gewesen. Ich hatte in *Das Beste* alles über ihn gelesen. Er war der coolste Typ im ganzen Krieg. Jetzt bückte er sich und holte eine Hand voll Schlamm vom Grund, presste das Wasser aus und formte den Schlammklumpen zu einer Matschgranate, die Johnny Weissmuller direkt am Kopf traf.

Das war der Anfang des Zweiten Schlamm-Krieges.

Tarzan-Johnny holte die Tiere zu Hilfe. Eine Kompanie Elefanten spritzte General Patton schlammiges Wasser ins Gesicht. Als Antwort feuerte Patton eine Salve Schlammbälle ab, die Tarzan umwarfen und ihn Wasser schlucken ließen.

»Geschieht dir gerade recht, weil Pia sich in dich verknallt hat«, rief Patton.

»Scheiße«, hustete Johnny Weissmuller.

Er ging mit den Nilpferden zum Gegenangriff über und stellte sie mit den Hinterteilen in Richtung Feindeslinie auf. Mit wütend kreisenden Schwänzen versprühten sie ihren Mist über die gesamte siebte Armee. Ich wollte schon Superman zu Hilfe holen, als Klas auf dem Steg auftauchte. Schließlich war es ja der letzte Tag für Percy.

»Was macht ihr da eigentlich?«, fragte er.

Da verwandelte sich Johnny Weissmuller wieder in Percy.

»Schön, dass du vorbeikommst«, sagte er. »Wir hüpfen bloß ein bisschen im Wasser herum, um das Essen zu verdauen. Jetzt werd ich nämlich zwanzig Meter schwimmen, jetzt oder nie!«

»Viel Erfolg«, sagte Klas.

Percy stellte sich neben den ersten Strich unserer Leine und spülte sich den Schlamm vom Gesicht, weil er gut aussehen wollte, wenn er den Rekord brach.

»Zähl bis drei, Ulf«, sagte er und holte tief Luft.

»Eins, zwei, drei«, sagte ich.

Er hatte einen guten Start. Die ersten zehn Meter glitt er schnell und unbehindert durchs Wasser. Klas fing sogar an, die Nationalhymne zu pfeifen, weil er so überzeugt war, dass Percy es schaffen würde.

Doch nach zwölf Metern schienen ihn die Kräfte zu verlassen.

Dennoch schwamm er aus purem Willen noch weitere fünf Meter, bevor sein Kopf herabsank.

»Da schau an! Da schau an! Ich glaube gar, er gibt auf!«, sagte Klas und tat so, als ob er ein Sportreporter im Radio wäre.

»Halt die Klappe!«, sagte ich, weil ich nicht wollte, dass Percy das hörte.

Klas hatte keine Ahnung, wie ernst diese Angelegenheit für Percy war. Das merkte er erst, als Percy wieder aufgetaucht war. Mit letzter Mühe gelang es ihm, sich auf den Steg zu hieven. Ich musste ihm dabei helfen. Und da saß er dann, keuchte, ließ den Kopf hängen und baumelte mit den Beinen. Er sah mich an.

»Siebzehn Meter«, sagte ich leise. »Knapp siebzehn Meter.«

»Scheiße«, sagte er.

»Aber die Schwimmzüge waren gut«, sagte Klas. »Hab selten so gute Schwimmzüge gesehen.«

»Ja, das stimmt«, sagte ich.

»Und was bedeutet das schon?«, sagte Percy. »Hier geht's doch nicht darum, wie gut es aussieht, wenn ich schwimme! Wo ich es meinem Vater doch mehr oder weniger versprochen hab. Und da hat er so froh ausgesehen. ›Prima, mein Junge‹, hat er gesagt. ›Prima. Du schlägst ganz deinem Vater nach!‹«

»Beim nächsten Mal klappt's garantiert«, sagte ich.

»Es gibt kein nächstes Mal«, sagte Percy.

»Und warum sollte es das nicht geben?«, fragte ich.

»Weil ich keine Kraft mehr hab«, erklärte er. »Weiter als so kann ich nicht schwimmen. Ich hatte das Gefühl, als würde ich platzen. Vor meinen Augen tanzten schon schwarze Punkte. Wie ist es bloß möglich, dass jemand den Ärmelkanal durchschwimmt? Das ist doch höllisch weit!«

»Dreiunddreißig Komma acht Kilometer«, teilte uns Klas mit. »Vogelfluglinie. Aber wegen der Gezeiten können es über fünfzig werden.«

Klas war wie ein wandelndes Nachschlagewerk.

»Die schmieren sich doch immer mit Fett ein«, sagte ich. »Sollen wir das mal versuchen? Wir könnten Butter nehmen.«

»Nein«, sagte Percy. »Ich schaffe es trotzdem nicht.«

Er legte sich mit dem Rücken auf den Steg und sah in den grauen Himmel hinauf. Und die Sonne schaute durch die Wolkendecke zurück. Sie sah aus wie ein gekochtes Dorschauge ohne Pupille. Das sagte ich Percy, der meine Vergleiche meist ziemlich witzig fand. Doch diesmal konnte er sich nicht dafür begeistern. »Mmm«, sagte er nur. Wahrscheinlich dachte er an seinen Vater.

Klas und ich legten uns neben ihm auf den Steg, damit er sich nicht so alleine fühlte.

Percy kaute an einem Bubblegum. Ich schloss die Augen und lauschte Percys Atemzügen, und da wusste ich plötzlich, was er falsch gemacht hatte.

»Ins Wasser mit dir«, sagte ich und stupste ihn.

»Nein«, sagte er.

»Diesmal wirst du es schaffen. Ich weiß nämlich, was du bisher vergessen hast!«

»Was denn?«, fragte Percy und zeigte immerhin ein gewisses Interesse.

Ich legte eine kleine Pause ein, um es etwas spannender zu machen.

»Du hast vergessen zu atmen«, sagte ich schließlich.

»Tatsächlich?«, sagte Percy.

»Ja, das stimmt«, sagte Klas. »Wenn ich es mir jetzt überlege.«

»Wie konnte ich das vergessen?«, fragte Percy.

»Keine Ahnung«, sagte ich. »Du hast einfach keine Luft mehr gehabt. Los, hüpf rein.«

Das tat er. Ich sagte ihm, er solle einatmen, wenn er die Arme anzog, und ausatmen, wenn er sie ausstreckte.

Dann würde alles von selbst laufen. Er machte ein paar Übungszüge, um es zu probieren, und dann begann er ohne weiteres am Seil entlangzuschwimmen. Ab und zu bekam er Wasser in den Mund, das er gleich wieder ausspuckte. Ansonsten klappte es perfekt und in null Komma nichts hatte er den roten Strich erreicht.

»Jetzt!«, rief ich vom Steg aus, als er dort war.

Da machte er kehrt und schwamm im Eiltempo zurück.

»Habt ihr das gesehen, habt ihr das gesehen?«, jubelte er, als er beim Steg ankam. »Jetzt wird mein Vater sich

freuen! Ich hab's geschafft! Ich bin zwanzig Meter geschwommen!«

»Nein«, sagte ich.

»Was sagst du da, du Idiot!«, schrie er. »Natürlich bin ich das!«

»Nein, du bist vierzig Meter geschwommen«, sagte ich. »Du bist ja auch wieder zurückgeschwommen.«

Da trommelte er sich auf die Brust vor lauter Begeisterung. Er hatte das Meer besiegt. Er hatte alles überwunden, was mit Wasser zu tun hatte: Bäche, Flüsse, Ozeane und Wasserhähne. Jetzt war er wieder Tarzan, der Sohn der Krokodile und Dorsche. Er war so glücklich, dass er nicht wusste, wohin.

»AIAIAIAIAAAH!«, rief er, dass es nur so hallte.

Dann hievte er sich auf den Steg und warf mich ins Wasser.

»Und was machen wir jetzt?«, fragte Klas.

»Jetzt buddeln wir Möhren aus«, sagte Percy.

Buffalo Bill, der Meisterschütze

Ich konnte mir nicht vorstellen, wozu wir die Möhren brauchten.

»Wozu brauchen wir die denn?«, fragte ich.

»Mensch, denk doch mal nach«, flüsterte Klas.

Und da begriff ich, dass es darum ging, etwas Gefährliches zu erleben. Wir buddelten sie nämlich aus Ericssons Beet aus. Und Ericsson war dafür bekannt, wie streng und genau er mit allem war. Außerdem hielt seine Frau immer am Fenster Wache. Wir gruben die sechs größten Möhren aus und spülten sie dann an der Pumpe ab.

Percy steckte sie sich unter den Pulli.

»Sollen wir jetzt noch an der Tür klingeln?«, flüsterte Klas.

»Warum das denn?«, fragte Percy.

»Weil es spannend ist«, sagte ich. »Und dann rennen wir.«

Dagegen hatte Percy nichts einzuwenden. Wir schlichen die Stufen zur Tür hinauf, drückten auf den Klingelknopf und hielten ihn so lange eingedrückt, wie unser Mut reichte. Dann rannten wir so schnell wir konnten davon. Wir rannten durchs Gartentor, am Briefkasten und an Pias Haus vorbei und bogen dann ab zu Östermans.

Und lachten die ganze Zeit.

Unterhalb von Östermans Haus blieb Percy stehen und verschnaufte.

»Warum bleibst du stehen?«, fragte ich.

»Man darf nie außer Atem sein, wenn man mit einem Pferd redet«, erklärte er.

Er wollte nämlich Blacky besuchen, um sich von ihm zu verabschieden und ihm zu erzählen, wie weit er schwimmen konnte.

»Man kann nicht einfach abreisen, ohne tschüs zu sagen«, erklärte er. »So kann man einen Freund nicht behandeln.«

Blacky stand nicht länger im Stall, sondern auf einer Weide daneben. Als er Percy erblickte, wieherte er leise, kam an den Zaun und rieb seine weiche Schnauze an Percys Ohr.

»Hallo, liebes Pferd«, sagte Percy und steckte Blacky eine Möhre in den Mund. »Die hier kommen aus Ericssons Garten, sind also Spitzenqualität. Heute, musst du wissen, ist ein schöner und trauriger Tag. Schön, weil ich vierzig Meter schwimmen kann. Und traurig, weil ich heute Nachmittag mit dem Schiff nach Hause fahre. Ich kann dich also nicht mehr so wie bisher besuchen. Aber ich werde jeden Tag an dich denken, so gegen drei Uhr ungefähr. Ich werde dich nie vergessen. Und ich glaube, du wirst mich auch nie vergessen.«

Wir blieben stehen, bis die Möhren alle waren.

Dann rannten wir wieder los, Percy und ich heim zu

Großvater und Klas zu seinem Vater, dem er beim Ölwechsel des Außenbordmotors helfen musste.

»Ich komme nachher zum Schiff«, sagte er.

Als wir das letzte Stück des Pfads heraufkamen, trat Großvater gerade aus dem Holzschuppen.

In seinem Schnauzbart hingen noch Reste von Dickmilch mit Ingwer. Er hatte den Filzhut auf, und seine Lederstiefel knarrten beim Gehen, weil sie so neu waren. Er lächelte uns zu wie ein Held voller Geheimnisse.

Und er hatte das Kleinkalibergewehr dabei.

»So there you are, boys!«, sagte er. »Am besten machen wir uns gleich auf den Weg, wenn aus dem Schießen noch was werden soll.«

Wir gingen ein paar hundert Meter in Richtung Schulhaus, doch da schwankte er plötzlich so sehr, dass wir ihn stützen mussten. Das passierte inzwischen immer mal wieder. »Das liegt an diesen infernalischen Stiefeln«, sagte er. »Die sind noch zu steif.«

Da sagte ich, ich würde einen Schemel holen, damit er sich ab und zu hinsetzen und die Füße ausruhen könne.

»Gute Idee, Ulf«, sagte er. »Aber verrate es Großmutter lieber nicht.«

Ich lief zurück und schnappte mir den weißen Schemel unterm Telefon im Flur. Und da ich schon mal dabei war, holte ich auch die blaue Wolldecke von meinem Bett, damit Großvater beim Sitzen keine kalten Beine bekam, denn der Sommer war jetzt bald zu Ende.

Als ich mich ungesehen durch die Verandatür davonschleichen wollte, hielt Großmutter mich an der Schulter fest.

»Du und Percy, ihr wollt mit Großvater einen Ausflug machen, nicht wahr?«, fragte sie.

»Ja«, sagte ich, weil ich ihren Augen ansah, dass ich ihr nichts vormachen konnte.

»Das war mir gleich klar, als ich sah, dass er sich im Holzschuppen versteckte«, sagte sie.

Ich glaubte, sie würde es verbieten. Doch das tat sie nicht. Sie sagte nur, wir sollten auf ihn aufpassen. Er sei etwas wacklig auf den Beinen. Und wenn man in seinem Alter hinfalle, könnten die Beine kaputtgehen.

»Bald gibt es Essen, bleibt also nicht zu lange weg«, fügte sie hinzu. »Und sag Großvater nicht, dass ich mit dir über ihn gesprochen habe.«

»Nein«, versprach ich.

Sie gab mir einen Kuss auf die Stirn, bevor ich hinter Percy und Großvater herrannte. Sie waren noch nicht besonders weit gekommen. Langsam stiegen wir den Weg zum Leuchtfeuer hinauf. Großvater setzte sich ziemlich oft hin. Einmal hatte er einen Tannenzapfen entdeckt, der eine ungewöhnliche Form hatte und den er uns zeigen wollte. Ein andermal hatte er gerade einen Vogel gehört, den er nicht wiedererkannte. Dann wollte er sich die Ameisen auf dem Erdboden näher anschauen, um festzustellen, wohin sie eigentlich unterwegs waren.

»Die schleppen sich ganz schön ab, diese kleinen Biester«, sagte er. »So, jetzt gibt's hier nichts mehr zu gucken.«

Und dann gingen wir ein Stück weiter.

Schließlich fand Großvater, es sei genug. Wir stellten den weißen Schemel auf einen Grasfleck kurz unterhalb des Leuchtfeuers und ich breitete die himmelblaue Decke über seinen schmerzenden Knien aus. Dann saß er da und schnaufte und schaute auf die Bucht und die Schiffe und alles, bis der weißgraue Himmel zu einem Zirkuszelt wurde.

»Bald«, flüsterte er.

»Was denn?«, fragte ich.

»Everything«, sagte er.

Und nach einer Weile sagte er: »Ladies and gentlemen.«

Und plötzlich war es, als würden die Beine des weißen Telefonschemels länger werden, als würde aus dem Schemel ein Hals mit tanzender Mähne und einem erhobenen Kopf emporwachsen und der ganze Schemel sich in das stolze Ross Big Bull verwandeln. Großvater saß aufrecht da und schaute Steine an und Büsche und Bäume, die im Winde wehten. Und da begriff ich, was er eigentlich sah: Indianer mit wehenden Federn, Cowboys, die laute Schüsse abfeuerten, Soldaten, Postkutschen, die über die Prärie fuhren, und Büffel, die mit gesenkten Köpfen angedampft kamen. Er sah den Wild-West-Zirkus, von dem ich im letzten Kapitel seines Buches gelesen hatte.

»And now«, sagte Großvater und schwenkte den Hut.

Er angelte ein Bündel aus der Hosentasche. Es war sein Taschentuch, in das er eine Menge großer, kupferglänzender Fünföremünzen gebunden hatte.

»Los, werft«, forderte Großvater uns auf. »Werft, so hoch ihr nur könnt!«

Und das taten wir. Wir warfen die Münzen eine nach der andern in die Luft, während Großvater auf dem Hocker saß und schoss. Er hob das Gewehr an die Schulter und drückte ab. Und seltsamerweise traf er fast jedes Mal, obwohl er doch so schlechte Augen hatte.

»Next!«, rief er.

Da warfen wir eine neue Münze in die Luft.

So machten wir weiter, bis die Vorstellung zu Ende war, genauso plötzlich, wie sie begonnen hatte. Großvater senkte das Gewehr und verbeugte sich ein letztes Mal. Dann stand er auf und reichte mir den Schemel. Ringsum lagen durchschossene Münzen und glänzten wie kleine Sonnen.

»So, das wär's. Jetzt gehen wir nach Hause, Jungs«, sagte er. »Jetzt dürften die Schweinekoteletts fertig sein.«

Das waren sie.

Für den Rückweg brauchten wir nämlich ziemlich lang. Er setzte sich mindestens alle fünf Minuten zum Ausruhen hin. Am längsten blieb er vor dem Fenster der Schule sitzen, weil ihm das Lied, das der Lehrer spielte, so gut gefiel. Es war *Die güldene Sonne*.

Anschließend klatschte er sogar Beifall.

Bald darauf waren wir zu Hause. Er sagte, ich solle mich achtern hineinschleichen und das Gewehr im Wandschrank verstecken. Er selbst warf den Hut in seine Kajüte, zog sich die Stiefel von den Füßen und setzte eine unschuldige Miene auf. Als Großmutter fragte, wo wir so lange gesteckt hätten, antwortete er nur, er habe Percy die kleinen Wunder der Natur gezeigt.

»Wisst ihr, was das Beste am Wegfahren ist?«, fragte er, während er ein Stückchen festgeklemmtes Fleisch aus den Zähnen zu befreien versuchte.

»Nein, was könnte das sein?«, sagte Mama.

»Dass man heimkommen darf«, sagte er. »Dass man seine Stiefel ausziehen darf und sich nicht mehr zu verstellen und um das Publikum zu kümmern braucht.«

»Findest du das auch, Percy?«, fragte Papa.

»Weiß ich nicht«, sagte Percy. »Ich bin ja noch nicht heimgekommen.«

»Nein, natürlich nicht«, sagte Papa.

Aber Großvater lachte.

»Du bist mir wirklich nicht auf den Kopf gefallen«, sagte er.

Und nach dem Essen holte er den Silberdollar aus seiner Schreibtischschublade. Percy hatte gerade als Letztes seine Badehose, die immer noch nass war, in seinen Koffer gestopft, als Großvater damit hereinkam.

»Hier«, sagte Großvater und reichte ihm die glänzende Münze. »*Jast kiip it.* Ich brauche sie nicht mehr.«

Da umarmte Percy ihn.

»Mann, war toll, Sie kennen gelernt zu haben«, sagte er.

Dann gingen wir zum Dampfersteg, wo die andern alle schon warteten, um sich zu verabschieden: Klas, Bengt, Ulf E., Leif mit seiner kleinen Schwester auf den Schultern, Birgitta, Marianne, Kicki. Und Pia.

»Vielleicht sehen wir uns ja irgendwann mal wieder«, sagte Pia zu ihm, als der Dampfer angelegt hatte.

»Kann man nie wissen«, sagte Percy.

Er winkte allen zu, bevor er an Bord ging. Aber wir beide, er und ich, sagten nichts. Das war nicht nötig. Wir wussten ja, dass wir uns bald wiedersehen würden.

Dann glitt das Schiff hinaus. Klas stand an meiner rechten Seite. Und Pia an der linken.

»Dieser Percy, der war wirklich sehr nett«, sagte Pia.

»Ja«, sagte ich.

Nach einer Weile hob sie die Hand halb in meine Richtung.

»Na dann, tschüs«, sagte sie.

»Tschüs«, sagte ich. »Jetzt kann ich vielleicht bald wieder mit dir sprechen.«

Klas und ich blieben als Einzige auf dem Steg zurück.

Und weiter hinten am Ufer, neben einem zerschmetterten schwarzen Stein, stand Großvater in seinem Filzhut und seinen neuen Lederstiefeln und feuerte einen Salutschuss ab, als der Dampfer vorbeifuhr. Er zielte direkt auf die blasse Sonne, als wäre sie ein glänzender Silberdollar.

Aber sie fiel nicht herab.

© Bengt Wanselius

Ulf Stark

wurde 1944 in Stockholm geboren. Er lebt dort mit seiner Frau und seinen zwei Kindern als freier Kinderbuchautor. Seine Bücher sind nicht nur in Schweden, sondern auch in vielen anderen Ländern sehr erfolgreich und wurden mehrfach ausgezeichnet, u. a. mit der Nils-Holgersson-Plakette, dem wichtigsten schwedischen Kinderliteraturpreis. 1994 erhielt Ulf Stark für sein Gesamtwerk den Astrid-Lindgren-Preis und den Deutschen Jugendliteraturpreis für »Kannst du pfeifen, Johanna«.

© Carlsen Verlag

Heike Herold

geboren 1974, studierte Grafik-Design in Münster. Seit 2001 arbeitet sie als freie Kinderbuchillustratorin. »Ein Sommer mit Percy und Buffalo Bill« ist bereits ihr drittes Buch bei Carlsen.

1 2 3 08 07 06

Originalverlag: Bonnier Carlsen Bokförlag, Stockholm
Published in the German language by arrangement with
Bonnier Group Agency, Stockholm, Sweden
Originaltitel: Min vän Percy, Buffalo Bill och jag
Aus dem Schwedischen von Birgitta Kicherer
Lektorat: Katja Maatsch
Innenillustrationen: Heike Herold
Umschlagbild: © getty images
Umschlaggestaltung: Kerstin Schürmann, formlabor
Gesetzt aus der Trump und Kosmik von Dörlemann Satz, Lemförde
Lithografie: Buss + Gatermann, Hamburg
Druck: Pustet, Regensburg
ISBN-13: 978-3-551-55425-3
ISBN-10: 3-551-55425-0
Printed in Germany

ns am